Karin Koch
Am Freitag sehen wir uns wieder

Karin Koch

Am Freitag sehen wir uns wieder

Peter Hammer Verlag

Eins

Ich sitze in der S-Bahn und schaue aus dem Fenster. Graue Häuserfassaden und mit Autos verstopfte Straßen ziehen vorüber, am Straßenrand produzieren ein paar müde Bäume tapfer ein bisschen Sauerstoff und die Sonne scheint matt und geduldig auf meine Lieblingsstadt herab.

Früher habe ich hier gewohnt. Jetzt bin ich nur noch zu Besuch in Berlin. Jedenfalls fühlt es sich so an, wenn ich jedes Wochenende zu meiner Mutter fahre.

Meine Mutter ist sauer auf mich. Seit drei Jahren ist sie wütend. Und ich versuche, sie seit drei Jahren zu besänftigen. Ich versuche, artig zu sein. Ich halte ihre Regeln ein. Meistens. Sie hat viele Regeln. Kein Zucker, zum Beispiel. Kein Handy, geschweige denn ein Smartphone. Kein Faulenzen. Überhaupt niemals Untätigkeit.

„Was tust du?", fragt sie mich.

„Nichts", sage ich immer dann, wenn ich sie ärgern will. Mit meinem Willen zur Besänftigung ist es nicht weit her.

Dabei tu ich niemals komplett nichts. Ich liege auf dem Fußboden, strecke die Beine die Wand hoch und denke darüber nach, wie es wäre, eine erfolgreiche Schriftstellerin zu sein. Oder ich drehe mich ununterbrochen auf dem Schreibtischstuhl im Kreis, bohre in der Nase und stelle mir vor, im Dschungel von Ecuador das Leben der kleinen grünen Winzmakuken zu erforschen. Nicht dass es die kleinen grünen Winzmakuken gäbe, aber es wäre doch ziemlich klasse, wenn ich es wäre, die sie entdeckt. Ich versetze mein Bett in rhythmische Schwingungen, während ich davon träume, eine berühmte und atemberaubend schöne Sängerin zu sein, die sich aus all den Jungs, die ihr hinterherlaufen, in aller Gelassenheit den süßesten und witzigsten aussuchen kann. Ist das nichts?

Ich glaube, meine Mutter hält Nichtstun für einen gefährlichen Zustand. Eine Krankheit, die es zu verhindern gilt, ein unberechenbares Virus, das sich ausbreiten wird, wenn es nicht im Anfangsstadium ausgemerzt wird. Gegen das Nichtstun hat sie sich eine Strategie namens ‚Der Tagesplan‘ ausgedacht. Immer wenn ich bei ihr bin, soll ich einen Plan schreiben, in dem ich jede einzelne Minute des Tages mit einer Aktivität versehe. Ich betrete ihre Wohnung, setze mich an den Computer von Gerold und bin schon wütend.

16.30 Uhr bis 16.50 Uhr: Tagesplan, schreibe ich und dann fällt mir nichts mehr ein. Also strenge ich mich unbändig an, tippe irgendwelches Zeugs und hoffe auf ihre Gnade. Ich bin Optimistin.

„Was soll das sein: 13.45 Uhr bis 14.20 Uhr verdauen?", fragt sie.

„Ich muss mich nach dem Essen ausruhen, das ist gut für den Organismus", antworte ich.

„Wo steht das?" Wenn etwas irgendwo niedergeschrieben steht, kann es nicht ganz falsch sein, glaubt sie.

„In meinem Biologiebuch", lüge ich.

„Lüg mich bitte nicht an, Junika Berkel", sagt sie.

Wenn sie mich mit vollem Namen anspricht, macht mich das jedes Mal fertig. Ich heiße Juni, wie der Monat. Und der Rest der Welt nennt mich auch so. Nur sie muss anscheinend immer wieder darauf herumreiten, dass sie und Papa geschieden sind und sie anders heißt als ich. Sie heißt übrigens wirklich Anders. Angelika Anders, was für ein Witz!

Ich mag meinen Namen. Juni, das klingt nach Sommer und Ferien und heißen Sonnentagen am See mit Kaya.

Ach, Kaya. Wenn ich an sie denke, rutscht mir das Herz in die Kniekehlen. Kaya ist meine beste Freundin. Letzte Woche ist sie nach Süddeutschland umgezogen.

„Nächster Halt: Sundgauer Straße."

Ich schrecke hoch. So ein blöder Mist, jetzt habe ich den Ausstieg verpasst und bin eine Station zu weit gefahren. Ich spurte zur Tür und springe auf den Bahnsteig. Die Bahn in die Gegenrichtung fährt gerade aus dem Bahnhof. Das heißt, dass ich die ganze Strecke bis in die Berlepschstraße zu Fuß zurücklegen muss. Das heißt, dass ich mindestens zehn Minuten zu spät komme. Das heißt, dass meine Mutter sich aufregen wird. Sie wird mich wieder Junika Berkel nennen, und die beiden senkrechten Linien zwischen ihren Augenbrauen werden ungefähr so tief wie der Marianengraben sein.

Während ich zur Treppe laufe, fährt die S-Bahn, mit der ich angekommen bin, langsam an mir vorüber. Es ist seltsam, aber mein Blick wird wie von einem Magneten in das Innere des Waggons gezogen, und da sehe ich ihn: den Jungen aus dem Politikprojekt von Tina Wigand. Er steht innen an der Waggontür und schaut mich an. Ich erkenne ihn sofort, obwohl ich ihn nur einen halben

Vormittag lang gesehen und kein Wort mit ihm gesprochen habe, und er erkennt mich auch. Ich sehe, wie er erschrickt und hastig sein Gesicht abwendet – und da ist die Bahn auch schon weg. Komisch, denke ich, während ich die Treppe hinunterrenne und mich durch die Menschenmassen auf dem Bürgersteig schlängle, das ist jetzt echt seltsam, dass er sich wegdreht und mich nicht kennen will. Irgendwie bin ich enttäuscht.

Tina Wigand, die obligatorische Klassenbeste, hatte sich ein ganz besonderes Thema für den Politikunterricht ausgedacht, ein wahnsinnig ambitioniertes, zeitaufwändiges, einzigartiges Projekt: Sie hat einen jungen Flüchtling aus irgendeinem bettelarmen afrikanischen Land aufgetrieben und ihn aus einem Wohnheim in Steglitz in unsere Klasse eingeladen, hat einen Übersetzer organisiert und ein dreißigseitiges Dossier über dieses Land verfasst, das niemand gelesen hat. Ich jedenfalls nicht, und ehrlich gesagt hab ich auch vergessen, um welches Land es ging. Von dieser ganzen Flüchtlingskrise wollte doch sowieso keiner mehr was hören.

Aber dann stand da dieser Junge und erzählte von seiner Flucht. Er ist durch mehrere Länder gereist, zu Fuß und auf Lastwagen durch die Wüste, und hat das Mittelmeer auf einem dieser klapprigen Boote überquert, die viel zu oft untergehen. Sein Boot hat es geschafft und trotzdem sind einige Leute gestorben, weil sie krank waren oder über Bord gingen, ich weiß es nicht mehr genau. Ich habe das alles in dem Moment, in dem es mein Gehirn erreicht hat, verdrängt, weil es so schrecklich war. Seinen Namen hab ich mir gemerkt. Er heißt Sahal. Ich weiß noch, dass ich die ganze Zeit dachte, dass er bestimmt dauernd friert, denn draußen auf dem Schulhof lag Schnee, es muss kurz nach den Weihnachtsferien gewesen sein.

Ich weiß nicht, wer von uns beiden damit angefangen hat, aber wir sahen uns da im Klassenzimmer immer wieder an. Sogar während er redete (in einer ziemlich komischen, singenden Sprache), sah er mich an und ich ihn, und irgendwann sahen alle mich an, weil sie seinem Blick folgten, und ich habe es erst gemerkt, als mir Kaya (ach, Kaya!) einen Stoß mit dem Ellenbogen versetzte. „Was ist mit dem?", flüsterte sie, während Sahal, als fühle er sich ertappt, den Kopf abwandte und den Rest seiner Geschichte der Wand erzählte. Ich guckte Kaya an und hob ratlos die Schultern. Bis heute kann ich nicht sagen, was das war, warum wir uns so ansehen mussten. Ich wurde von seinem Blick angezogen wie von einem Vakuum, wie von einem gigantischen schwarzen Loch im Universum. Ich spüre jetzt den Nachhall der ungeheuren Neugierde, die mich damals erfasst hatte. Ich wollte so dringend wissen, was in diesem schwarzen Loch zu finden ist und wohin es führt – und dann war die Stunde um und ich habe Sahal einfach vergessen. Bis eben gerade habe ich tatsächlich nie mehr an ihn gedacht, ich habe diesen ernsten, verletzten, frierenden Jungen mitsamt seiner unerhörten Geschichte einfach aus meinem Gedächtnis verbannt.

Ich reiße mich aus meinen Gedanken. Ich muss mich jetzt beeilen, mehr als zehn Minuten Zuspätkommen könnte tödlich werden ... und dann laufe ich zehn Minuten am Stück. Eigentlich ist es ein kühler Frühsommertag, aber jetzt gerate ich ins Schwitzen. In neun von zehn Fällen muss ich rennen, wenn ich meine Mutter besuche, weil ich aus unerfindlichen Gründen immer zu spät dran bin. Sie ist fest davon überzeugt, dass mein Vater nicht imstande ist, mir Ordnung und klare Regeln beizubringen. Leider bestätige ich sie viel zu oft in ihrem Glauben. Dabei kommt meine permanente Schlamperei ganz bestimmt nicht davon, dass ich jetzt bei meinem Vater lebe und nicht mehr bei ihr. Es ist einfach angeboren. Und unheilbar.

So wie mein Bruder Alexander von Geburt an ein Genie ist, bin ich halt eine genetisch bedingte Chaotin.

„Er ist dein Halbbruder", sagt meine Mutter über Alex, aber was soll das sein, ein Halbbruder? Welche Hälfte ist meine? Die mit dem großen Kopf, auf dem ein paar blonde Härchen in die Höhe ragen und eine viel zu große Brille den armen Jungen aussehen lassen wie einen Idioten (was er nicht ist)? Oder gehört die Hälfte mit den dürren Beinchen zu mir, die wirken, als würden sie jeden Augenblick einknicken wie Streichhölzer, und mit denen er nie in seinem ganzen Leben auch nur einen Ball kicken wird, weil die Muskeln, die man dafür benötigt, völlig unterentwickelt sind? Ich mag beide Hälften. Und ich bin mir sicher, er mag auch meine sämtlichen Hälften, er freut sich wie Bolle, wenn ich freitags komme.

Als ich in die Berlepschstraße einbiege, bin ich ziemlich aus der Puste. Wenn ich so fix und fertig und dann auch noch zu spät bei ihr auftauche, will meine Mutter sicher ganz genau wissen, weshalb ich den Ausstieg verpasst habe. Es könnte ja sein, dass ich ein Körnchen Zucker gegessen habe und dadurch unausweichlich die sofortige Aufweichung meines Gehirns eingesetzt hat.

Vor dem großen Schaufenster des Autohändlers bleibe ich kurz stehen und begutachte mein Spiegelbild. Ich bin knapp fünfzehn und für mein Alter ganz schön groß. Meine dunkelbraunen Haare sind zerzaust und mein orangefarbener Pulli völlig verrutscht. Ich fahre mit allen zehn Fingern durch mein Haar und versuche, so etwas wie eine Frisur zu zaubern. Dann glätte ich meine Kleider, zwinge mir einen ruhigeren Atemrhythmus auf und überquere die Straße.

Eigentlich ist die Gegend hier ganz hübsch. Die Häuser sind höchstens dreistöckig, die Straßen breit und von kräftigen Bäumen gesäumt, und es gibt riesige Hinterhöfe mit hohen Bäumen und kleinen Gärten.

Ich drücke auf die Klingel mit den altmodischen runden Knöpfen aus Kupfer. Aus der Gegensprechanlage höre ich zuerst ein Knacksen und Knattern und dann das dünne Stimmchen von Alex. „Wer ist da, bitte?"

„Ich bin's, Juni!"

Der Summer ertönt, ich stemme mich mit der Schulter gegen die Tür und hüpfe die Treppe in den dritten Stock hinauf.

Alexander steht im Trainingsanzug und mit strahlend weißen Turnschuhen an den Füßen im Türrahmen und sieht ziemlich unglücklich aus. Aber für mich ist er der Überbringer einer frohen Botschaft.

„Mama ist nicht zu Hause", sagt er. „Sie ist noch etwa ...", er schaut auf seine Armbanduhr, „... eine Stunde und zehn Minuten unterwegs, um verschiedene Besorgungen zu machen. Du sollst bitte mit mir auf den Spielplatz gehen, ich soll mich an der frischen Luft bewegen."

Alex ist fünf und geht in die erste Klasse einer Schule für Hochbegabte. Nicht nur, dass ich jedes Mal beim Schach gegen ihn verliere, ich verliere auch bei seinen selbst erfundenen Mathespielen, ich verliere beim Scrabble und natürlich beim Memory. Nur wenn wir Uno spielen, gewinne ich öfter mal gegen ihn. Mein kleiner Bruder muss keinen Tagesplan schreiben, er ist immer mit irgendetwas beschäftigt. Er liest und rechnet und bastelt und spielt ungefähr so gut Klavier wie Beethoven, als der noch hören konnte. Glaubt nicht, dass meine Mutter glücklich und zufrieden wäre, weil sie einen so begabten Sohn hat. Ständig macht sie sich Sorgen darüber, dass er so unsportlich ist. Jedes Mal, wenn ich bei ihnen bin, muss ich mit Alex auf den Spielplatz gehen und mit ihm turnen. Es soll außerdem die Geschwisterbindung stärken, wenn wir zwei alleine etwas unternehmen, sagt sie. Na, wenn sie meint.

„Okay, dann lass uns gleich losgehen!"
Wie es sich gehört, hänge ich meinen Rucksack ordentlich an den Haken im Flur, nehme Alex an die Hand und führe ihn zu dem Spielplatz an der Ecke. Missmutig und mit hängenden Schultern trottet er neben mir her. Er sitzt am liebsten den ganzen Tag an seinem Schreibtisch. Vielleicht hat er ja eine Frischluftallergie.

Wir machen ein paar popelige Klimmzüge an der Stange, ich helfe ihm bei den Aufschwüngen und das war's dann. Hey, ich mag meinen Bruder. Soll ich ihn mit Sport quälen?

Damit wir wenigstens unsere Sauerstoffration abbekommen, setzen wir uns noch ein bisschen auf die Rücklehne einer Bank und atmen ein paarmal tief durch.

„Ich habe mir einige interessante Gedanken gemacht", sagt Alex. Ich muss grinsen. Dieser Satz ist immer die Einleitung für ellenlange Vorträge über Physik. Meistens hat er sich irgendwelche sehr praktischen Erfindungen ausgedacht: einen Materieverdichter, mit dem beispielsweise Schulbücher und Hefte so verkleinert werden können, dass der Schulranzen nicht größer als ein Briefumschlag sein muss. Und in der Schule wird dann alles mit einem Exponator wieder vergrößert. Oder Treibstoff aus Abfall, mit dem Raumschiffe bis zum Ende des Universums herumdüsen können, und außerdem ein Auto, das seine Größe automatisch der Anzahl der Mitfahrer anpasst. Ich bin sicher, er wird all diese Sachen irgendwann tatsächlich erfinden und reich und berühmt werden.

Ich könnte auch reich und berühmt werden. Ich bin gut in Sport und ich habe eine schöne Singstimme, meint mein Vater. Er sagt auch, ich hätte eine Affinität für Sprache. Das stimmt echt, ich mag zum Beispiel so altmodische Wörter wie „duldsam" oder „saumselig" oder „Zankapfel". Vielleicht werde ich Schriftstellerin. Oder Sängerin. Alex wird Physikprofessor, so viel steht fest. Ich werfe einen Blick auf die Armbanduhr, die an seinem dünnen Ärmchen schlackert.

„Wir müssen nach Hause, Alex. Mama ist bestimmt schon zurück", sage ich und helfe ihm von der Rücklehne.

Es ist komisch, dass ich immer noch ‚nach Hause' sage, denn mein Zuhause ist seit drei Jahren in Caputh bei Potsdam. Als ich beschlossen habe, bei meinem Vater zu wohnen, hat er sofort seine kleine Wohnung in Kreuzberg aufgegeben und sich das Haus in Caputh gekauft. Er dachte wohl, er tut mir damit einen Gefallen, von wegen frischer Luft und Ruhe auf dem Land und gesunder Umgebung und so. Einstein hat in Caputh gewohnt. Das ist der zauselige Typ mit der Relativitätstheorie und der herausgestreckten Zunge.

Zuerst war ich wütend, als ich erfuhr, dass wir umziehen. Aber dann habe ich das charmante kleine Häuschen gesehen und mich sofort verliebt. Es steht auf einer kleinen Anhöhe, nicht weit vom See. Hinterm Haus gibt es einen grandiosen Garten und neuerdings ein gigantisches Gewächshaus. Mein Vater ist Biologe. Genauer gesagt Professor für Agrarbiologie. Wenn er von der Arbeit nach Hause kommt, verschwindet er meist sofort im Gewächshaus und betüddelt seine Pflanzen. Manchmal übernachtet er sogar darin.

Man könnte jetzt denken, er sei das glatte Gegenteil meiner Mutter. Das ist er nicht. Er ist mindestens genauso ordentlich wie sie. Unseren kleinen Haushalt hat er perfekt organisiert. Er ist schweigsam, penibel und ernst. Leider bin ich diejenige, die aus der Art schlägt. Aber mit meinem Chaos kommt er gut klar. Früher war er es, den ich besucht habe. Er wirkte immer so verlassen, wenn ich an den Wochenenden zu ihm kam. Wie ein vergessener Teddybär auf einer Parkbank. Als ich dann zwölf geworden bin und selbst entscheiden durfte, bei wem ich lebe, bin ich zu ihm gezogen.
Als ich mit Alex vom Spielplatz zurückkomme, steht meine Mutter in der Küche und räumt sorgfältig ihre Einkäufe in die Schränke.
„Hallo, ihr wart an der Luft, das ist gut. Du musst wohl noch deinen Tagesplan schreiben, Junika", sagt sie.
Ich sage kein Wort, gehe an den Computer und fange an zu tippen. Dass sie nach drei Jahren immer noch so sauer ist, macht mich echt fertig.

Ich sitze aufrecht, den Rücken an mein weiches Kopfkissen gelehnt, auf meinem Bett in der winzigen Mansarde und blicke durch das Dachfenster. Es ist dunkel geworden, der Himmel ist bedeckt, weder Mond noch Sterne erhellen diese trübe Nacht. Die Mansarde liegt zwei Stockwerke über der Wohnung unter dem Dach und ist für mich das Schönste am Besuch bei meiner Mutter. Als Alex geboren wurde, hat Gerold sie für mich eingerichtet. Ein altes, gemütliches Holzbett, ein großer, mit grünem Samt bezogener Ohrensessel und ein kleiner Schrank sind alles, was hineinpasst. Die Wände hat Gerold in einem ganz hellen Orange gestrichen, ansonsten sind sie komplett kahl und die einzige Beleuchtung ist die Klemmleuchte, die über dem Bett befestigt ist. Ich verabschiede mich immer ganz früh am Abend, um genug Zeit zu haben, hier zu liegen und nachzudenken. Jedes Mal, wenn ich in der Dachkammer bin, habe ich das Gefühl, nicht ganz auf dieser Welt zu sein. Nicht ganz bei meiner Mutter und auch nicht im Häuschen in Caputh, sondern irgendwo dazwischen, irgendwo in einer Welt, die nur mir alleine gehört. Hier lasse ich noch einmal alles an mir vorüberziehen, was in der letzten Woche passiert ist, und immer fühlt es sich so an, als würde ich mein Leben ein bisschen aufräumen und danach mit vielen Dingen besser klarkommen.

Sahal fällt mir ein, und wieder spüre ich die Enttäuschung darüber, dass er mich so offensichtlich nicht mehr kennen wollte. Er hätte ja ein bisschen winken können, nur so kurz mit der Hand. Oder lächeln. Damals, als er da auf seinem Stuhl vor der Klasse saß und Tina ihn vorstellte und der Übersetzer übersetzte, da hat er ein paarmal so schön gelächelt, und dann, während er erzählte, ist dieses Lächeln verschwunden. Es war einfach weg, als wäre es in ein schwarzes Loch gefallen. Wahrscheinlich habe ich ihn gerade deshalb die ganze Zeit auf diese peinliche Art anstarren müssen. Vielleicht hab ich ja nach seinem Lächeln gesucht, nach irgendetwas Frohem in seiner traurigen Geschichte.

Tina hat für ihr grandioses Projekt natürlich eine Eins plus bekommen, und ich war ganz schön neidisch auf ihre Idee mit der Flüchtlingsgeschichte. Ich habe nicht mehr an Sahal gedacht, obwohl er uns alle irgendwie so beeindruckt hat. Ich stelle mir jetzt vor, dass Sahal mich deshalb nicht mehr kennen wollte, weil ich ihn inzwischen komplett vergessen habe. Es ist total unlogisch, ich weiß, denn das kann er ja nicht wissen. Aber mit der Logik habe ich es nicht so.

Zwei

Als ich am späten Sonntagnachmittag nach Caputh komme, ist niemand im Haus. Mein Vater ist sicher mit seinem Kollegen im Gewächshaus und bereitet seine große Reise vor. Sie haben nämlich zusammen ein System zum Anbau von Gemüse in wasserarmen Gegenden entwickelt. Mein Vater hat es im Garten ausprobiert, hat eine Überdachung aus durchsichtiger Spezialfolie gebaut, damit die Beete keinen Regen abbekommen, und es funktioniert super. Letzten Sommer haben wir so viele Tomaten geerntet, dass Frau Spicker hundertzwanzig Gläser Ketchup einkochen konnte. Frau Spicker ist unsere Nachbarin. Sie lebt alleine in ihrem schnuckeligen alten Häuschen, kann unglaublich gut kochen, und sie sorgt für mich, wenn mein Vater verreist ist. Bei ihr esse ich jeden Tag zu Mittag, unterhalte mich ein wenig und verschwinde wieder, um meine Hausaufgaben zu machen. Sie lässt mich so ziemlich in Ruhe, was das Beste an ihr überhaupt ist. Keine Ahnung, wie alt sie ist. Sechzig oder achtzig oder so, ich glaube, sie weiß es selbst nicht, weil es ihr egal ist. Wenn ich mal sechzig oder achtzig bin, will ich sein wie sie.

Ich lasse die Eingangstür hinter mir zufallen, werfe meinen Rucksack auf den Stuhl im Flur und schleudere die Schuhe von den Füßen. Filou, unser roter Perserkater, kommt von irgendwoher angeschlichen und schlängelt sich um meine Beine.
Das Telefon klingelt. Ich hebe ab.
„Hi Juni", sagt Kaya am anderen Ende der Leitung.
„Kaya!", schreie ich, denn es ist das erste Mal, dass ich von ihr höre, seit sie weggezogen ist. Dass sie weggezogen ist, ist irgendwie immer noch unfassbar. Außer ihr habe ich keine Freunde in Caputh, und ich fühle mich schon nach einer Woche ohne meine beste Freundin ziemlich einsam.
„Wie geht's? Wie ist deine Schule, wie sind die Leute da unten, VERMISST DU MICH???"
„Ich vermisse dich wahnsinnig. Aber es ist ganz okay hier", antwortet Kaya, aber sie hört sich nicht wirklich glücklich an. Und dann erzählt sie: dass die Leute alle in so einem komischen Dialekt reden, dass alle unheimlich strebsam und ordentlich sind, dass wir hier mit dem Schulstoff ganz schön hinterherhinken und dass in ihrer Klasse lauter Langweiler sind.
„Ein Mädchen scheint ganz witzig zu sein, mal sehen. Sie wohnt im Nachbardorf."
„Und die Jungs?", will ich wissen.
Sie druckst ein wenig herum.
„Los, komm, sag schon: Ist einer dabei?"
„Jaaaaa!"
„Und?"
„Nichts und. Er heißt Lennart und wohnt bei mir um die Ecke. Sieht gut aus, trägt mir immer die Schultasche zum Bus und ist schon fast sechzehn."
„Kaya!", schreie ich wieder, denn dieses Mädchen hat einfach

immer ein Riesenglück bei Jungs. Na ja, sie sieht eben auch klasse aus: blonde lange Haare, große dunkelblaue Augen und ein süßer Knutschmund. So wie alle Mädchen gerne aussehen würden, mich eingeschlossen. Aber Kaya ist nicht eingebildet, kein bisschen. Sonst wäre sie auch nicht meine beste Freundin.

„Keine Ahnung, was daraus wird", sagt sie. „Er lebt auch erst ein halbes Jahr hier, eigentlich kommt er aus Dresden, und er findet es genauso öde wie ich. So was schweißt zusammen."

„Mail mal ein Bild, sobald du eins hast", sage ich.

„Klar, wenn es sich ergibt. Ich muss jetzt Schluss machen, Juni, muss helfen, den Gartenteich anzulegen. Wir haben hier 'nen riesigen Garten. Ich melde mich per Mail wieder. Du hast immer noch kein Smartphone, oder?"

„Ach, nein. Meine Mutter ist strikt dagegen."

„Aber du lebst doch bei deinem Vater!"

„Er hat ihr gegenüber immer noch ein schlechtes Gewissen, weil ich jetzt bei ihm lebe. Irgendwie haben alle ein schlechtes Gewissen."

„Ich verstehe trotzdem nicht, was so schlimm an einem Smartphone sein soll."

„Ihrer Meinung nach kriegt man direkt Ohrenkrebs davon."

„So ein Blödsinn. Man kriegt höchstens Fingerkrebs vom Tippen."

„Nicht witzig."

„Mach's gut und vergiss mich nicht!"

„Nie und niemals!"

Ich lege auf und lasse mich auf das Sofa im Wohnzimmer fallen. Filou hopst mir auf den Schoß und fängt augenblicklich an zu schnurren. Ich kraule ihm das Fell und denke an Kaya. Wir waren fast jeden Tag zusammen. Meistens lagen wir auf meinem

Bett und haben ausgiebig unseren Lieblingsbeschäftigungen gefrönt: Nichtstun, Quatschen, Kichern. Artikel für die Schülerzeitung schreiben. Sie hatte die besten Ideen und ich konnte am besten schreiben. Sie hat sich die Fragen für die Lehrerinterviews ausgedacht und es geschafft, dass sich die Lehrer mit den unmöglichsten Requisiten fotografieren ließen. Wer außer ihr könnte Herrn Portisch, den langweiligen Chemielehrer, dazu bringen, sich mit zwei Reagenzgläsern auf der Stirn fotografieren zu lassen? Kaya hat das fertiggebracht! Also, auch rein technisch hat sie das hingekriegt, hat die Dinger mit einem Feuerzeug warm gemacht und dann haben die sich so angesaugt. Sah abartig komisch aus!

Mein Vater kommt herein. Seine Hände sind voller Erde und wie immer sieht er ein wenig verwirrt aus. Als ob er mit seinen Gedanken an verschiedenen Orten gleichzeitig wäre. Vielleicht ist er das auch. Meine Mutter mag vielleicht nicht daran glauben, aber er sorgt gut für mich. Wenn er Zeit hat. Allerdings hat er wenig Zeit.

„Hallo, Juni, schön, dass du wieder da bist. Ich soll dich von Ernst grüßen."

Ernst ist der Kollege, der mit ihm nach Ecuador reisen wird, um das Projekt zu testen.

„Hey, danke, Gruß zurück!"

„Schau mal in die Küche. Frau Spicker hat dir gefüllte Pfannkuchen gebracht. Die isst du doch so gerne", sagt er lächelnd und geht sich seine dreckigen Hände abwaschen.

Mein Zimmer in Caputh ist das glatte Gegenteil der Mansarde. Es ist vollgestopft mit Regalen und Schränkchen, in denen Bücher und CDs und meine Steinesammlung und meine

Katzenfigürchen und getrocknete Blumen und andere Dinge herumliegen, die mir jetzt gerade nicht einfallen, weil sie sich in Ecken und Winkeln befinden, deren Existenz man in meinem Zimmer nicht vermuten würde, weil wieder andere Dinge davorstehen oder -liegen oder -hängen. Die Wände sind bepflastert mit Postern und Fotos und irgendwelchen Urkunden von Bundesjugendspielen und Vorlesewettbewerben. Niemals, niemals ist aufgeräumt. Auf dem Boden liegen Schmutzwäsche, Schuhe und Hefter mit den Hausaufgaben von gestern, und dazwischen flockt der Staub.

„Es würde mich wirklich interessieren, wie weit die allgemeine Verwahrlosung deines Zimmers noch fortschreiten muss, bevor du anfängst, aufzuräumen und zu saugen", hat mein Vater vor ungefähr einem Jahr einmal gemeint. Seither hat er nichts mehr dazu gesagt. Ich glaube, er sieht es als eine Art Experiment. Allerdings muss er sich da auf ein langfristiges Projekt einstellen ... Jeden Abend bevor ich ins Bett gehe, werfe ich einen Blick in den Garten. Da ist noch so viel Leben in der Dunkelheit. Fledermäuse sausen durch die Luft, im Gras läuft irgendwelches Kleingetier herum und überall ist ein Rascheln und Knacken. Zwischen den beiden Apfelbäumen kann ich gerade noch meine Hängematte erkennen. In ihr liege ich oft, höre Musik auf meinem MP3-Player und faulenze mit Filou um die Wette. Filou gewinnt immer, denn Filou ist das faulste Wesen auf diesem Planeten. Er ist der Meister aller Klassen im Nichtstun. Meine Mutter würde ihn hassen ... Sie hat mir den MP3-Player geschenkt, man höre und staune, mit klassischer Musik drauf. Ich gebe es nicht gerne zu, aber es ist richtig super, was sie da für mich zusammengestellt hat.

„Du könntest mal wieder Opa besuchen", sagt mein Vater beim Frühstück am nächsten Morgen. „Vielleicht am nächsten Wochenende, bevor du zu Angelika fährst."
Er schlürft seinen Matetee aus der Tasse mit der schwarzen Katze darauf, die ich ihm zum Geburtstag geschenkt habe. Sie ist aus echtem Porzellan und stammt aus Opas Trödelladen.
„Du warst lange nicht bei ihm", sagt mein Vater und nimmt noch einen Schluck Tee.
„Du auch nicht", erwidere ich.
Mein Vater nickt. „Hast recht, Juni. Vor Ecuador wird das aber nichts mehr werden. Grüß ihn von mir."
Für meinen Opa ist Kreuzberg der schönste Ort der Welt. Er würde nie dort weggehen, außerdem liebt er seinen Trödelladen viel zu sehr. Mein Opa ist genauso ein Chaos wie ich. Womöglich habe ich das von ihm.
„Kann ich machen", sage ich. Ich bin gerne in diesem Kiez, wo auch Papa früher gewohnt hat, bevor wir zusammen nach Caputh gezogen sind. Ich streune noch immer gerne dort herum und schaue, ob ich noch jemanden kenne. Kreuzberg ist wie ein Stück Zuhause in meinem Herzen.
„Und du solltest allmählich deine Sachen für die Ferienwochen bei deiner Mutter packen."
„Erinnere mich doch bitte nicht daran", stöhne ich. „Müssen es denn unbedingt die ganzen vier Wochen sein? Kann ich nicht einfach nur zwei Wochen dortbleiben und den Rest hier?"
„Angelika wird das nicht wollen. Und ich möchte dich auch nicht alleine hierlassen. Frau Spicker ist ja nicht da, sie wird bei ihrer Tochter an der Nordsee sein."
„Warum nimmst du mich nicht einfach mit nach Ecuador?", quengle ich wie ein kleines Kind.

„Ich bin da sehr beschäftigt. Das Projekt erfordert meine ganze Aufmerksamkeit. Wir werden in den abgelegensten Gebirgsregionen arbeiten und teilweise nicht einmal Funkkontakt halten können. Es wäre nicht nur langweilig für dich, sondern auch zu gefährlich."
„Ich glaube nicht, dass es langweilig wäre. Und gefährlich macht mir nix."
„Ich bin mir sicher, dass du dich sehr langweilen würdest. Es gibt dort nicht viel Interessantes für ein verwöhntes junges Mädchen wie dich", foppt er mich.
„Bei Mama ist es auch langweilig! Sie wird wollen, dass ich mich auf die neue Klasse vorbereite. Ich werde mit Gerold Mathe pauken müssen."
Mein Vater hebt wortlos die Augenbrauen und schlürft seinen Tee.
„Papa, bitte!"
„Juni, ich glaube, du machst dir falsche Vorstellungen von der Reise. Die Unterkünfte sind sehr einfach, es gibt überall Ungeziefer und du willst ganz bestimmt nicht wissen, welches Fleisch in den Kartoffelsuppen schwimmt."
„Klar will ich das wissen!"
„Im Hochland werden häufig noch Meerschweinchen verspeist."
„Meerschweinchen! Wie gemein!"
„Siehste!"
Er greift nach der Zeitung. Das Thema ist für ihn beendet.
Ich finde nicht, dass ich verwöhnt bin, im Gegenteil. Ich hatte immer weniger Spielzeug als andere, ich bin das einzige Mädchen in ganz Deutschland, ach was, in ganz Europa, das kein Smartphone hat, mein Laptop ist uralt und ich kauf mir auch nicht ständig neue Klamotten.

Papa legt die Zeitung zusammen. „Wir müssen los!", sagt er, und ich stopfe mir das Brötchen mit Schokocreme (Zucker!) in den Mund.

Wir räumen zusammen den Tisch ab, dann packen wir unsere Rucksäcke und schwingen uns auf die Räder. Wir haben kein Auto. Mein Vater fährt mit dem Rad zu seinem Institut in Potsdam und ich habe es zu meiner Schule auch nicht weit.

Noch anderthalb Wochen, dann fangen die Ferien an. Ferien, was für ein schönes Wort!

Mein Opa ist ein schweigsamer Mann. Als ich ihn am Freitagnachmittag in Kreuzberg besuche, kriege ich zuerst nichts weiter als ein unverständliches Gebrummel zu hören. Er ist sauer, dass ich so lange nicht bei ihm war, und ich kann ihn verstehen. Seit Papa von hier weggezogen ist, ist Opa ziemlich einsam, außer seinen Kunden hat er keine engeren Kontakte hier im Kiez. Der Laden ist gleichzeitig seine Wohnung. Im hinteren Teil gibt es eine praktische Küchenzeile und eine winzige Dusche hinter einem Vorhang. Er schläft in einer kleinen Kammer zum Hinterhof in einem sehr alten, riesigen Bett, über das sich ein wunderschön gedrechselter Baldachin wölbt. Als Kind habe ich mich so gerne hineingelegt. Unter den zartrosa Vorhängen fühlt man sich wie eine Prinzessin. Sie duften nach Rosen, ich glaube, Opa besprüht sie mit Parfüm. Mein Vater behauptet, ich sei ihm ähnlich, ich sei genauso eigensinnig wie er. Allerdings leider nicht so schweigsam. Aber wenn ich bei Opa bin, rede selbst ich nicht viel. Ich sitze ein wenig auf dem verschlissenen Sofa herum und sehe mir alte Fotoalben von fremden Leuten an. Kaum zu glauben, dass es Kunden gibt, die sich ein Buch voller verblasster Schwarz-Weiß-Fotos kaufen, Fotos von dicht aneinandergedrängten, steif lächelnden Menschen unter einem blühenden Kirschbaum, oder solche, die sich an ein todschickes altmodisches Moped lehnen oder eingehakt an einem halb verfallenen Haus stehen. Aber es muss sie wohl geben, sonst würde mein Opa solche Alben ja nicht aufkaufen und anbieten. Sein Laden läuft ganz gut, seit so viele Touristen im Kiez unterwegs sind.

Heute helfe ich ihm, kaputte Tassen aus den übervollen Regalen auszusortieren, und darf mir aus einer Schmuckschatulle eine Kette mit dunkelroten Granatperlen aussuchen. Er legt sie mir um den Hals und betrachtet mich mit einem seltsamen Blick. Wir haben die ganze Zeit kein Wort geredet.

„Was ist?", frage ich.

„Du siehst aus wie deine Großmutter", sagt er. „Sie war so eine schöne Frau."

Auf einmal bin ich ganz verlegen. Ich taste nach der Kette und weiche seinem Blick aus.

„Ich muss jetzt los", sage ich. Dabei muss ich gar nicht.

„Geh nur", sagt er und das mache ich. Ich laufe aus dem Laden, ohne mich zu verabschieden. Warum macht es mich so verlegen, wenn mir mein eigener Opa sagt, dass ich aussehe wie meine schöne Oma, die ich nur von alten, verblassenden Bildern kenne? Sie sah apart und energisch zugleich aus, wie ein melodramatischer Filmstar aus ganz, ganz alten Zeiten. Sie sah aus, als wäre sie etwas Besonderes.

Ein wenig verwirrt laufe ich die Zossener Straße entlang. Schon bevor mein Vater hier weggezogen ist, hat sich die Gegend sehr verändert. Die Läden sind schicker und die Cafés teurer geworden, das Locus, Papas Lieblingsrestaurant, hat geschlossen und auf den Bürgersteigen der Bergmannstraße flanieren mehr

Touristen als Bewohner. Am Ende der Straße befindet sich die Markthalle. Früher war sie vollgestopft mit winzigen Ständen und man konnte dort von Socken über Hundefutter bis Kaffeetassen alles kaufen. Heute gibt es da hauptsächlich exotische Imbissstände und ein paar teure Obstläden. Ich mag da gar nicht mehr reingehen. Mein Ziel ist das Antiquariat an der Ecke, bestimmt finde ich ein schönes Reisebuch über Ecuador für meinen Vater. Er ist so putzig, wenn ich ihm etwas schenke. Ich freue mich immer auf sein verlegenes Gesicht, wenn er etwas von mir bekommt. Ich fange an, zu schlendern und den sonnigen Tag zu genießen, und vergesse den seltsamen Moment im Laden meines Großvaters.
Und dann sehe ich schon wieder Sahal. Ich sehe ihn auf der gegenüberliegenden Straßenseite in Richtung Markthalle gehen. Es ist verrückt, es ist absolut unglaublich, dass ich in dieser Riesenstadt mit fast vier Millionen Einwohnern schon wieder auf ihn treffe. Jetzt will ich's wissen. Ich will wissen, was Sahal hier macht, wohin er geht, er darf mir nicht noch einmal entwischen. Er will mich nicht kennen, das ist okay, ich werde ihn nicht ansprechen. Wagemutig überquere ich die Straße, ein weißer Kleinwagen muss scharf bremsen, die alte Dame darin droht mir mit dem Zeigefinger, ich ignoriere sie, laufe Sahal hinterher.
Er geht in die Markthalle. Und obwohl er sicher nicht bemerkt hat, dass er von mir verfolgt wird, wirkt er wie ein gehetztes Tier. Als Sahal am Obststand stehen bleibt, kann ich ihn genauer beobachten. Seine dunklen Augen blicken unruhig umher. Gleich wird er mich bemerken. Schnell wende ich mich irgendwelchen Tüten mit Trockenobst zu, die im Mittelgang auf einem Tisch aufgetürmt sind, und tu so, als ob mich diese exotischen Schrumpeldinger brennend interessieren würden. Aus den Augenwinkeln

kann ich sehen, dass er sich in einem scheinbar unbeobachteten Moment einen Apfel und ein Bund Bananen unter den schmutzigen Pullover schiebt und sich gleich danach aus dem Staub macht. Bevor ich noch darüber nachdenke, stürze ich ihm hinterher. Er ist schon fast am Ausgang, der zum Brunnen führt. Ich muss mich ganz schön sputen, um ihn nicht im Gedränge zu verlieren. Draußen nehme ich weiter seine Verfolgung auf. Er geht noch immer sehr schnell, ohne zu rennen, wahrscheinlich um nicht weiter aufzufallen. Das macht es mir leichter, ihm auf den Fersen zu bleiben. Er bewegt sich jetzt rasch Richtung Südstern und biegt dann plötzlich in den ersten Friedhof ein.

Die vier Friedhöfe, die am ruhigen Ende der Bergmannstraße liegen, kenne ich sehr gut. Früher haben Papa und ich dort jeden Sonntagmorgen einen Spaziergang gemacht und ich habe mir von ihm die Welt erklären lassen. Mein Vater mag diese Friedhöfe sehr. Sie sind schöner als jeder Park, weil sie meistens menschenleer und immer hundefrei sind.

Ich folge Sahal auf dem breiten, von hohen Bäumen gesäumten Weg, der zum zweiten Friedhof führt. Plötzlich hält er inne, dreht sich um und sieht mich direkt an. Der Schreck fährt mir in alle Glieder. Ich bleibe wie vom Blitz getroffen stehen, er fängt an zu rennen. Er ist unglaublich schnell, seine Beine scheinen aus Gummi zu sein und den Boden kaum zu berühren. Er hüpft wie ein durchgeknalltes Känguru, denke ich und muss fast lachen, aber dann wird mir klar, dass ich ihn verloren habe. Er ist zwischen den hohen alten Grabsteinen verschwunden.

Jetzt muss ich mich entscheiden: Suche ich ihn oder kehre ich brav um? Schließlich erwartet mich längst meine Mutter. Ich entscheide mich, artig zu sein. Gehört zu meiner Besänftigungsstrategie. Wenigstens ab und zu sollte ich sie meiner Mutter gegenüber anwenden.

Sahal ist jetzt sowieso weg. Vermutlich werde ich ihn nie wiedersehen.

Ich liege in meiner Mansarde und denke über die Ereignisse dieses Tages nach. Über dem Bett hängt der Tagesplan für morgen. Meine Mutter hat ihn mit einer Reißzwecke dort aufgehängt. Sie hofft wohl, dass ich ihn auswendig lerne. Leider hat sie meinen Programmpunkt Meditation rigoros gestrichen. Sie hat wohl geahnt, dass es nur eine Tarnung für Nichtstun ist.

Am späten Nachmittag war ich wieder mit Alex auf dem Spielplatz zum Turnen. Ich habe ihm ein Eis spendiert, so als Trainingseinheit für die Zungenmuskulatur. Ich hab mir von ihm berichten lassen, welche großartigen Ideen in den letzten zwei Wochen in seinem genialen Gehirn herangereift sind. Aber ich war nicht so recht bei der Sache. Während Alex von seinem Antimateriesauger erzählte, sind meine Gedanken immer wieder abgeschweift und landeten bei Sahal. Er hatte ausgesehen, als wäre er von zu Hause ausgerissen. Hat er überhaupt ein Zuhause, als Flüchtling irgendeines bettelarmen afrikanischen Lands? Ich glaube mich zu erinnern, dass er in einem Wohnheim untergebracht war. Aber warum sollte er von dort abhauen? Bevor jemand sein bequemes Bett, sein zuverlässiges Mittagessen und ein Dach über dem Kopf aufgibt, muss schon etwas ganz Schlimmes passiert sein. Selbst in den übelsten Zeiten mit meiner Mutter wäre es mir nicht eingefallen, abzuhauen, mein Essen zu stehlen und irgendwo in kalten und gefährlichen Ecken zu übernachten.

Ich knipse die Klemmleuchte aus und überlege fieberhaft, wie ich es anstellen könnte, am Sonntag schon zwei Stunden früher loszufahren, damit ich noch einmal zum Friedhof kann, um nach Sahal zu suchen. Das wird schwierig, denn meine Mutter kann es nicht leiden, wenn ich die kostbare Zeit mit ihr abkürze. Die wenigen Male, in denen ich das gewagt habe, hat sie es fertiggebracht, dass mein schlechtes Gewissen nur noch schlechter wurde.

Drei

„Und wie willst du den Punkt 17.00 Uhr Spaziergang am Schlachtensee schaffen, wenn du schon um 15.30 Uhr zurückfahren willst? Das hättest du dir überlegen müssen, bevor du den Plan schreibst. Und wieso kocht Frau Spicker denn am Sonntag Marmelade? Das gehört sich nicht! Am Sonntag soll der Mensch ruhen", legt meine Mutter los, als ich ihr beim Frühstück von meinen geänderten Plänen erzähle. Wir haben alle zusammen gestern Nachmittag einen langen Spaziergang durch den Wald bis fast nach Kleinmachnow gemacht, danach war ich schön müde, habe tief und fest geschlafen und fühle mich fit für eine Auseinandersetzung mit ihr. Aber ich muss mich vorsehen. Eine allzu muntere Antwort könnte gefährlich werden.
„Frau Spicker ist eben Atheistin, für sie ist der Sonntag ein Tag wie jeder andere", wende ich vorsichtig ein. „Es tut mir leid, wenn ich nicht gleich von der Marmeladensache erzählt habe. Ich habe es wohl vergessen."
Auf einmal ist da so ein undefinierbarer Zug um ihren Mund, fast traurig. Das bringt mich derart aus dem Konzept, dass ich kapituliere.

Okay, denke ich, dann lasse ich es eben. Vielleicht klappt es ja mal unter der Woche.

„Dir scheint diese Marmeladenkocherei ja sehr wichtig zu sein", sagt da meine Mutter. Sie seufzt tief. „Und wenn du es Frau Spicker versprochen hast, dann solltest du es auch halten. Vielleicht kannst du ja in Zukunft besser planen. Oder du sprichst so etwas vorher mit deinem Vater ab, damit er mich informiert und ich mich darauf einstellen kann, dass du nur so kurz da bist."

Sie steht auf, kramt in der Speisekammer herum und kommt mit zwei braunen Papiertüten zurück.

„Hier, das ist für Frau Spicker. Brauner Zucker und Agar-Agar als Alternative zu Gelierzucker. Das ist einfach gesünder, ja?"

„Okay", sage ich und schäme mich ein wenig für meine Lüge und weil sie sich so bemüht, nicht sauer zu sein.

Um Punkt halb vier am Sonntagnachmittag lasse ich in der Berlepschstraße die Wohnungstür ins Schloss fallen. Die drei werden den Nachmittag wahrscheinlich ein wenig ruhiger verbringen, wenn ich nicht dabei bin. Sie werden sich gesittet unterhalten und Scrabble spielen und niemand wird fluchen, wenn er verliert. Und gegen Abend werden sie wieder spazieren gehen, wie jeden Sonntag. Gerold wird sich eine interessante Route ausgedacht haben, er wird Alex von der Weimarer Republik oder den Errungenschaften der Aufklärung berichten, alle werden glücklich sein, weil niemand mault, dass ihm die Füße wehtun.

Von Gerold habe ich noch nicht viel erzählt, und das ist auch kein Wunder, denn wenn er nicht gerade seinen Sohn belehrt, ist er nicht sehr auffällig. Gerold ist Sozialpädagoge, genau wie meine Mutter. Er ist ihr Schatten. Er sagt, was sie sagt, er macht, was sie macht, vermutlich denkt er auch, was sie denkt. Manchmal vergesse ich ganz, dass Gerold existiert, selbst wenn er neben mir am Tisch sitzt. Ich erinnere mich nicht daran, wie und wann er in mein Leben kam. Eines Tages wohnte er mit Mama und mir zusammen. Womöglich spricht das ja für ihn. Und immerhin hat er dann dafür gesorgt, dass es Alex gibt. Wenn ich es also ab und zu versäume, Gerold zu erwähnen, muss man ihn sich einfach dazudenken.

Auf der S-Bahn-Fahrt nach Kreuzberg nehme ich mir vor, nicht länger als eine Stunde nach Sahal zu suchen. Ich habe keine Ahnung, was ich tun werde, wenn er tatsächlich auftaucht. Vermutlich werde ich ihn sowieso nicht finden, wahrscheinlich treibt er sich längst woanders herum.

Der Friedhof ist menschenleer. Ich werde es nie begreifen, dass ein so schöner Ort so lange unentdeckt bleibt. Plötzlich höre ich, wie jemand keuchend hinter mir herläuft. Ich drehe mich um und sehe Sahal auf mich zurennen. Er scheint mich zu erkennen, aber er läuft einfach weiter. Er hinkt und ich habe an seinem Gesichtsausdruck gesehen, dass er Schmerzen haben muss. Trotzdem rennt er jetzt so schnell, dass ich ihn nicht einholen könnte, selbst wenn ich wollte. Im Laufen dreht er sich noch einmal nach mir um – und stolpert so blöd, dass er hinfällt. Er heult so durchdringend auf, dass sich mir die Härchen auf den Armen aufstellen. Mit beiden Händen umklammert er seinen linken Fußknöchel und wiegt sich vor und zurück. Ich laufe zu ihm, und er schaut mich mit großen Augen an, als ich mich zu ihm runterbeuge.

„Ist etwas passiert, kann ich dir helfen?"

Meine Stimme klingt ganz heiser, als ich ihn das frage.

„Lass mich. Nicht helfen!"

Er schaut angespannt hinter mich, als ob er jemanden erwarten würde, den er lieber nicht sehen will. Ich drehe mich um, aber da ist niemand. Wir sind ganz alleine.
„Was ist mit deinem Fuß?"
„Kein Problem. Nicht helfen", wiederholt er und sieht mich voller Misstrauen an. Er versucht, wieder auf die Beine zu kommen, und es gelingt ihm mit Mühe. Ich stehe hilflos herum und schaue zu, wie er davonhumpelt. Aber so schnell gebe ich nicht auf. Ich gehe einfach hinter ihm her, und weil er so langsam ist, habe ich ihn sofort wieder eingeholt.
„Äh, hallo …", sage ich ziemlich dämlich. Er bleibt stehen. Aber ganz offensichtlich nicht, weil er von meiner Anwesenheit so erfreut ist, sondern weil sein Fuß so sehr schmerzt, dass er einfach nicht mehr weitergehen kann.
Ohne mich anzusehen, lässt er sich vorsichtig auf einer der vielen Bänke nieder, die die Friedhofsallee säumen, und verdreht die Augen, als ich mich zu ihm setze. Wir sitzen einen Moment schweigend da. Dann habe ich endlich eine vernünftige Idee.
„Ich lauf mal eben los und hole dir was zum Kühlen, ja? Und dann verschwinde ich. Ich schwör's! Ich bringe dir was Kaltes und hau wieder ab. Bleib einfach hier sitzen, ich bin gleich zurück. Und ich will dir echt nur helfen."
Ich glaube nicht, dass er alles verstanden hat. Trotzdem habe ich den Eindruck, dass er ein kleines bisschen weniger misstrauisch guckt.
„Bis gleich", sage ich und spurte los.
Die Markthalle ist heute geschlossen, aber in einem der vielen Cafés in der Bergmannstraße kann ich bestimmt ein paar Eiswürfel bekommen. Mit meinem Vater habe ich nach unseren Spaziergängen oft irgendwo einen Kakao getrunken oder eine

Kleinigkeit gegessen, während er Ingwertee mit frischer Minze trank und in den Zeitungen blätterte.

Die Frau am Tresen scheint mich wiederzuerkennen, als ich das Lokal betrete. Oder besser bestürme, denn ich stoße die Glastür so schwungvoll auf, dass sie beinahe einem Gast auf die Nase geknallt wäre.

„Sachte, Kleine, alles halb so schlimm", sagt der Mann amüsiert.

Ich wende mich direkt an die Tresenfrau.

„Meine Freundin ist umgeknickt und ihr Fuß angeschwollen. Bis ihr Vater sie abholen kann, bräuchten wir etwas Eis, damit sie die Schmerzen besser aushält. Er kommt erst in einer halben Stunde, oder noch später – wir haben ihn angerufen, und es tut ihr echt schlimm weh und sie hält es kaum noch aus", fasele ich. Ich hoffe inbrünstig, dass ich nicht zu dick aufgetragen habe.

Das habe ich aber wohl doch, denn die Tresenfrau ist sehr besorgt. „Soll ich einen Krankenwagen rufen?"

„Nee, bloß nicht! Ich meine, nein danke, ihr Vater ist schon unterwegs. Also nicht nötig, danke. Nur ein bisschen Eis wäre toll. Und vielleicht etwas zum Essen, zum Mitnehmen. Ein gefülltes Taco oder so was."

Ich krame in meiner Geldbörse und halte der Frau einen Zehneuroschein hin.

„Sie hat auf einmal so einen Kohldampf gekriegt", füge ich noch zur Erklärung hinzu.

„Eigentlich machen wir nichts zum Mitnehmen. Aber meinetwegen. Warte einen Moment."

Sie gibt die Bestellung in die Küche weiter und reicht mir das Wechselgeld. Dann füllt sie eine Tüte mit Eiswürfeln. Hoffentlich dauert das nicht so lange mit dem Taco, flehe ich innerlich, sonst schmilzt mir das Eis weg. Hoffentlich bleibt Sahal schön sitzen und ist nicht auf Nimmerwiedersehen verschwunden. Hoffentlich ist das nicht die Schnapsidee des Jahrtausends, ihm auch noch etwas zu essen zu bringen …

Aber das ist es nicht. Als ich mit der Eistüte und dem Taco zu der Bank komme, sitzt Sahal brav an Ort und Stelle und kämpft mit den Schmerzen in seinem Fuß. Er weiß nicht, was er mit dem Eisbeutel soll, also drapiere ich ihn vorsichtig um seinen Knöchel. Was er mit dem Taco soll, weiß er sofort.

„Es ist mit Hühnchen, ich hoffe, du magst Hühnchen", sage ich überflüssigerweise, denn offensichtlich ist es ihm völlig egal, womit das Teil gefüllt ist, Hauptsache, es macht satt.

„Danke, scher gut", nuschelt er mit vollem Mund.

„Okay, dann verschwinde ich mal wieder. Ich hab's schließlich versprochen", sage ich und stehe von der Bank auf. Ich will nicht wirklich gehen. Ich will, dass er mich bittet zu bleiben …

Er schluckt den letzten Bissen hinunter und wischt sich mit dem Handrücken über den Mund.

„Das ist auch gut", sagt er und zeigt auf den Eisbeutel. Er sieht mich dankbar an, ohne zu lächeln.

Er platziert die Tüte behutsam an einer anderen Stelle des Fußes.

„Sehr gut", wiederholt er. „Und danke für Essen."

Auf einmal wird sein Blick wieder verschlossen und seine Haltung drückt zugleich Furcht und Erschöpfung aus.

Ich habe tausend Fragen und traue mich nicht, auch nur eine einzige zu stellen. Und Sahal sitzt vor mir, abweisend und misstrauisch, und wendet seinen Blick ab.

„Wo wohnst du jetzt?", frage ich dann doch. „Du warst in einem Wohnheim, oder? Bist du noch dort?"

„Heim ist nicht gut. Ich bin nicht in Heim", presst er hervor.

„Nicht gut, wieso?", frage ich, aber Sahal sieht mich an mit einem Blick, der keinen Zweifel daran lässt, dass ich nichts weiter aus ihm herausbekommen werde.
Im Kopf überfliege ich meinen Stundenplan für die kommende Woche.
„Ich komme wieder", sage ich. „Am Dienstag. Verstehst du Dienstag?"
Er nickt.
„Halb vier. Hier."
Er nickt wieder. Ich schaue ihn eindringlich an, und endlich erwidert er meinen Blick. Es könnte sein, dass er lächelt. Aber vielleicht bilde ich mir das auch nur ein, weil ich es so sehr will.
Dann gehe ich wirklich. Als ich mich noch einmal umdrehe, hebt er leicht seine Hand und ich hebe meine und winke.

Wie meistens in der letzten Zeit sitzt mein Vater am Computer. Diesmal druckt er Baupläne für seine Gemüsebeete aus.
„Hallo, Papa", sage ich. Auf der langen Fahrt mit der S-Bahn habe ich mir eine Strategie zurechtgelegt.
Er schaut auf und lächelt abwesend.
„Hallo, Juni. Wie war dein Berliner Wochenende?"
„Wie immer. Ich muss dich was fragen."
Er dreht sich auf seinem Schreibtischstuhl einmal halb um die eigene Achse und ist jetzt ganz aufmerksam.
„Ein Mädchen aus meiner Klasse, Lena, die kennst du nicht, die macht in den ersten zwei Wochen der Sommerferien einen Intensivkurs in Englisch. Sie meint, der Kurs sei bestimmt sehr lustig und die Lehrer nett, und am Dienstag muss man sich anmelden, und ich hätte da auch Lust drauf, und wenn du einverstanden bist, würde ich alleine hinfahren und mich anmelden.

Du müsstest ja nur die Anmeldung unterschreiben, und der Kurs wäre am Vormittag, und nachmittags wäre ich dann ja trotzdem bei Mama. Ist doch gut, oder? Du musst es ihr nur sagen, sie hat bestimmt nix dagegen."

Ich habe in der S-Bahn genug Zeit gehabt, über meine Strategie nachzudenken und alles genau abzuwägen. Ich will meinem Vater lieber nichts von Sahal erzählen. Schließlich fliegt er in ein paar Tagen nach Ecuador und hat einfach keine Zeit für so etwas. Außerdem muss ich erst einmal Sahals Vertrauen gewinnen, bevor ich mit einem Erwachsenen bei ihm aufkreuze. Eigentlich weiß ich ja gar nichts über ihn. Ich sehe nur, dass er in Not ist und Hilfe braucht. Und irgendwie kann es doch kein Zufall sein, dass ich ihn gleich zweimal getroffen habe. Wahrscheinlich ist es wichtig, dass ich ihm helfe. Es kann gar nicht anders sein. Wegen diesem schwarzen Loch damals und dem Lächeln, das da irgendwo sein muss. Genauer kann ich es auch nicht erklären ... Es gibt eben Dinge, von denen man nicht weiß, warum man sie tut. Man weiß nur, dass man sie tun muss. Es gibt ein Wort dafür, es fällt mir jetzt gerade nicht ein.

Ab nächsten Samstag werde ich bei meiner Mutter sein. Bestimmt wird sie nicht begeistert sein, wenn ich einen Teil der Zeit nicht mit ihr verbringe, aber vielleicht findet sie es sogar richtig klasse, dass ich einen Englischkurs machen will. Jedenfalls ist es besser, wenn Papa mit ihr redet, dann muss ich nicht schon wieder diesen Zug um ihren Mund sehen ... Klar, ich bin feige. Und ich lüge meinen Vater schamlos an. Aber leider habe ich keine bessere Idee.

Ich schaue ihn an und warte auf seine Antwort. Ich weiß, dass es manchmal lange dauert, bis er jedes einzelne Für und Wider durchdacht hat. Und er wird erst antworten, wenn er sich seiner Sache ganz sicher ist.

„Also, grundsätzlich ist das natürlich eine prima Idee", sagt er endlich. „Ich hoffe, Angelika hat nichts dagegen. Sie freut sich auf die Zeit mit dir."

„Du musst mit ihr reden! Du musst sie gleich anrufen, weil ich mich übermorgen anmelden muss. Und wenn du erst morgen anrufst, ist ihr das zu spät, du kennst sie doch!"

„Du hast recht. Um das mit ihr zu klären, ist heute Abend sicher günstiger als morgen. Ich werde gleich mit ihr telefonieren."

„Oh, danke, danke, danke, Papa!", juble ich und falle ihm um den Hals. Er kippt fast vom Stuhl, aber er muss lachen. Ich gebe ihm einen dicken Schmatz auf die Wange.

Während er mit meiner Mutter telefoniert, gehe ich aus dem Zimmer, denn er will bei solchen Gesprächen nicht gestört werden. Allerdings lausche ich mit Hochspannung an der Tür. Ich höre nicht viel, weil mein Vater immer sehr leise und bedächtig redet. Irgendwann kriege ich mit, dass das Gespräch beendet ist, und öffne vorsichtig die Tür.

„Und?"

„Das geht in Ordnung, du kannst den Kurs besuchen. Sie war halt ein wenig enttäuscht. Sie hatte bereits Pläne für die Vormittage."

„Sie hat immer Pläne. Für alles."

„So ist sie eben."

Aus heiterem Himmel fällt mir das Wort ein, das mir vorhin gefehlt hat. Das Wort für Dinge, die getan werden müssen, ist Notwendigkeit.

Mitten in der Nacht schrecke ich aus dem Schlaf hoch. Ein unbekanntes, unaussprechlich beängstigendes Gefühl ist dabei, mich zu überwältigen. Ich will es bekämpfen, kriege es aber nicht zu fassen, ich kenne ja nicht einmal seinen Namen. Es kommt von weit her und es scheint genau zu wissen, wie es mich packen kann. Meine Kehle ist wie zugeschnürt, es fühlt sich an, als würde ich ersticken.
Ich setze mich auf und zwinge mich, ruhig ein- und auszuatmen. Es scheint ewig zu dauern, bis sich mein Atem einigermaßen normalisiert. Von irgendwoher kommt Filou angeschlichen, lautlos hopst er auf die Bettdecke und lässt sich schnurrend auf meinen Füßen nieder. Noch nie habe ich diesen Kater so sehr geliebt wie gerade jetzt. Während ich ihn streichle, beruhige ich mich. Ich rutsche in die Waagerechte und lasse mich vom beharrlichen Schnurren unseres Katers wieder in den Schlaf geleiten.

Vier

Die letzten Schultage vor den Sommerferien sind die besten des Jahres. Meistens sind dann alle Arbeiten geschrieben, die Lehrer sind locker drauf, und wenn man Glück hat, fallen Stunden wegen irgendwelchen Ausflügen der Oberstufe aus. Dieses Glück ist uns diesmal leider nicht beschieden, außerdem hat es den ganzen Montag geregnet und auch in der Nacht auf Dienstag habe ich endlos das Rauschen der Regentropfen auf dem Dach gehört. In der Schule musste ich die ganze Zeit an Sahal denken. Wo er wohl Unterschlupf gefunden hat bei dem Mistwetter? Hat er ein einigermaßen trockenes Plätzchen? Hat er sich etwas zu essen organisieren können? Wie geht es wohl seinem Fuß? Oder sitzt er gemütlich wieder im Wohnheim und ich mache mir völlig unnötig Gedanken über ihn? Ich habe so unruhig auf meinem Stuhl herumgehampelt, dass mir Jessie irgendwann einen heftigen Schubser gab und mich bitterböse anschaute.
„Kannste nicht endlich mal Ruhe geben? Du nervst!"
Jessie und ich sind nicht gerade die besten Freundinnen, aber seit Kaya weggezogen ist, ist sie mir als Sitznachbarin aufgebrummt worden. Vorher hat sie nämlich alleine gesessen. Man darf sich

gerne vorstellen, warum. Ich habe noch ein wenig doller herumgehampelt, um Jessie zu ärgern, und irgendwann hat uns beide der Gong zum Ende der letzten Stunde erlöst. Ich bin sofort losgesaust, in olympiareifem Tempo nach Hause geradelt und habe bei Frau Spicker einen köstlichen Kartoffelkuchen so schnell hinuntergeschlungen, dass sie mich ausschimpfte. Sie war aber gleich wieder versöhnt, als ich sie bat, mir den Rest in einer verschließbaren Plastikschüssel mitzugeben, weil es so lecker geschmeckt habe. Leicht zu erraten, wem es außer mir noch lecker schmecken sollte ... Außerdem habe ich in meinen Rucksack gepackt: einen Löffel, eine Thermoskanne mit Rotbuschtee, einen alten Blechbecher, eine elastische Binde und eine kühlende Salbe aus dem Medizinschränkchen im Bad, ein paar Süßigkeiten aus den geheimen Vorräten meines Vaters (außer den Colafläschchen, die würde er vermissen) und eine Packung Walnüsse aus der Vorratskammer. Walnüsse sind gut für das Gehirn. Glaube ich. Wenigstens sehen sie so aus.

Vorhin, auf der Fahrt nach Berlin habe ich dann plötzlich an allem gezweifelt. Der Regen prasselte an die Scheiben der S-Bahn und ich fuhr mit dem Finger den Weg der herabrinnenden Regentropfen nach. Würde Sahal überhaupt kommen? Und wenn nicht, wie sollte ich ihn finden? Sollte ich ihn überhaupt suchen? Das gleiche Gefühl, das mich nachts aufgeschreckt hat, hat mich wieder beschlichen. Aber ich habe es kleingekriegt. Einfach ignoriert. Der Regen prasselte auf das Dach der S-Bahn. Guter Regen bringt Segen, dachte ich hoffnungsvoll.

Jetzt sitze ich auf der Bank und warte schon seit Ewigkeiten. Der Regen hat noch immer nicht aufgehört, es tropft von den Blättern der Bäume, die um die Gräber herumstehen.

Ich bin inzwischen völlig durchnässt und ich friere und meine Laune sinkt ins Bodenlose.

Okay, dann kommt er eben nicht, dieser Dummkopf. Selber schuld, wenn er hungern muss und Schmerzen hat, selber schuld, wenn er meine großzügige Hilfe verschmäht, soll er doch verhungern, verschmachten und ertrinken bei dem Mistregen!

Aber dahinten kommt jemand. Das ist er. Ich sehe gleich, wie schlecht es ihm geht. Er kann kaum gehen. Und im Näherkommen sieht er grau und dünn aus und schlottert vor Kälte. Aber er ist nicht so durchnässt, wie er es sein müsste, wenn er lange durch den Regen gelaufen wäre. Also kann er nicht sehr weit gegangen sein. Ich rutsche ein wenig auf der Bank zur Seite und er lässt sich neben mir nieder.

Eine ganze Weile lang sprechen wir kein Wort. „Wir gehen", flüstert er dann plötzlich und zeigt in die Reihen der Gräber, die sich auf einer kleinen Anhöhe befinden. Er ist so geschwächt, dass ihm die Stimme versagt. Vielleicht hat er aber auch seit Langem mit niemandem gesprochen. Vielleicht seit Sonntag nicht, seit ich zuletzt neben ihm auf dieser Bank gesessen habe. Er steht auf und ich folge ihm. Es sind nur ein paar Schritte bis zu einem baufälligen Grabmal, das früher einmal ein stattliches Monument gewesen sein muss. Es sieht aus wie eine Miniaturkapelle. Ich glaube, man nennt das Mausoleum, und bestimmt hausen hier auch Mäuse, irgendwo in den Mauerritzen versteckt. Ein paar halb herabhängende Bretter sollten ursprünglich den Zugang versperren, aber jetzt ist es leicht für uns, in das Ding hineinzugelangen. Sahal quetscht sich vor mir mühsam durch die Öffnung, und ich folge ihm nach.

Der winzige Raum ist gerade mal so groß, dass sich zwei Menschen gegenübersitzen können, und das tun wir. Es ist eng und kalt hier, aber trocken. Sahal zittert und sagt kein Wort. Ich hole den Kartoffelkuchen aus meinem Rucksack, und während er ihn in atemberaubendem Tempo in sich hineinstopft, gieße ich ihm Tee in den alten Becher. Er ist noch schön warm, aber nicht zu heiß, darauf habe ich geachtet. Er trinkt den Tee und schaut mich dankbar an. Nach dem zweiten Becher hört er allmählich auf zu zittern.

„Schläfst du hier?", frage ich ihn.

Er schüttelt den Kopf.

„Danke, für du kommst", sagt er.

„Ich dachte, *du* kommst nicht", antworte ich. „Ich habe auch etwas für deinen Fuß dabei."

Ich krame in meinem Rucksack herum und hole die Salbe und die Binde heraus. Ich greife nach seinem Fuß, aber er zuckt zurück. Also erkläre ich ihm mit Worten und Gesten, er soll Schuh und Strumpf ausziehen. Er tut es, aber dabei verzieht er ein paarmal schmerzvoll das Gesicht. Na ja, er hat einen ziemlichen Stinkefuß, das muss ich schon sagen. Auch sonst riecht er nicht besonders gut – irgendwie nach Moder und Feuchtigkeit, falls man nach Feuchtigkeit riechen kann –, aber ich lasse mir nichts anmerken. Die Salbe trägt er selbst auf, nur beim Verbinden muss ich ihm helfen. Er lässt es widerstrebend zu. Mir fällt ein, dass er ja vielleicht so ein ganz strenger Muslim ist. Dann darf er mich nicht berühren und ich ihn auch nicht, weil ich ein Mädchen bin und er ein Junge. Hab ich im Ethikunterricht gelernt. Ich könnte ihm jetzt noch die Süßigkeiten geben und die Nüsse, aber eigentlich will ich etwas ganz anderes.

„Was ist los, Sahal?", sage ich und spreche damit zum ersten Mal seinen Namen aus. Er muss wohl gedacht haben, ich hätte ihn längst vergessen, jedenfalls hat es eine Wirkung, mit der ich nicht gerechnet habe. Sahal weint. Ich sitze da und komme mir vor wie eine komplette Idiotin.

"Besser du nichts weißt", flüstert er. „Besser du gehen."

„Gut", sage ich und fange jetzt selbst an zu zittern, so aufgeregt und verwirrt bin ich. „Wenn du willst, kann ich sofort gehen, und dann komme ich nie wieder", erkläre ich ihm langsam. Er versteht mich. Er schüttelt den Kopf und lehnt ihn an die Mauer. Als er wieder anfängt zu zittern, gieße ich ihm noch einen Tee ein. Er trinkt ihn hastig, aber das Zittern hört nicht auf.

„Warte hier", sage ich und stehe auf, denn ich habe eine Idee. „Ich besorge dir etwas zum Warmwerden. Es kann ein bisschen dauern. Aber du musst hierbleiben."

Er schaut mich nur an, aber ich bin mir sicher, er wird sich nicht vom Fleck bewegen, egal wie lange es dauern wird. Trotzdem beeile ich mich, so gut ich kann.

Zuerst laufe ich zu meinem Opa. Zum Glück ist es zu seinem Trödelladen nicht weit. Falls er sich wundert, dass ich schon wieder bei ihm aufkreuze, lässt er es sich nicht anmerken. Er wirft mir einen kurzen Blick zu.

„Du trägst die Kette", stellt er fest und kramt dann weiter in irgendwelchen Umzugskisten.

Ich habe sie tatsächlich nicht mehr ausgezogen, seit er sie mir um den Hals gelegt hat. Aber ich will jetzt nicht über die Kette reden, ich habe eine Aufgabe.

„Opa, ich brauche ein paar Sachen für … äh, für …"

Ja, wofür bloß? Das hätte ich mir ja wohl früher überlegen müssen! Ich kriege einen richtigen Druck in der Brust, weil ich gleich schon wieder lügen werde.

„Also, für eine Schulaufführung. Ein lustiges Theaterstück. Kann ich mal ein bisschen rumgucken?" Mannomann, gerade noch die Kurve gekriegt.
„Mach, wie du denkst", sagt er und wendet sich ab. Während ich mir im Laden zusammensuche, was ich brauche, sortiert er Stofftaschentücher in ein Regal. Ich finde: einen Dosenöffner, eine Wärmflasche aus rotem Gummi, eine warme Decke und ein paar Klamotten, die Sahal passen könnten. Ganz dringend suche ich nach einem Paar frischer Socken, aber leider gibt es keine. Ich stopfe alles in meinen Rucksack und zwei Plastiktüten und bitte dann meinen Opa um heißes Wasser. Er füllt es wortlos aus seinem Wasserkocher in die Wärmflasche. Mir dafür eine Geschichte auszudenken, dafür reicht meine Fantasie dann doch nicht aus, aber er fragt nicht, wofür ich mitten am Tag eine heiße Wärmflasche benötige. Er gibt sie mir einfach.
„Was kostet das alles zusammen?", frage ich und wühle in meinem Portemonnaie nach Münzen.
„Lass stecken, Kleene", brummt er. „Komm 'n andermal wieder und hilf mir beim Kistenauspacken. Heute haste es ja mächtig eilig."
„Okay", sage ich und wundere mich: Das waren gerade ganze drei Sätze am Stück! Er wird doch wohl nicht zur Plaudertasche werden auf seine alten Tage ...
Und schon bin ich weg. Der Regen hat endlich aufgehört und ich laufe gut gelaunt los. Aber als ich an dem Mausoleum ankomme, ist Sahal nicht mehr da.
So ein Mist! Das ganze Geschleppe und Gewarte im Regen, all die Aufregung und meine verzweifelten Lügengeschichten ... alles umsonst!

Frustriert pfeffere ich die Tüten zu Boden und trete voller Zorn dagegen. In meiner Wut merke ich zu spät, dass jemand hinter mich getreten ist. Ich fahre erschrocken herum, als dieser Jemand mich hart an der Schulter fasst.
„Wat soll dat denn werden, junget Fräulein!", blafft mich ein dicker Mann mit Harke in der Hand an. Anscheinend der Friedhofsgärtner. Führt sich auf, als hätte er hier mächtig viel zu sagen. „Du hast hier nüscht zu suchen! Det is 'n Friedhof und keen Spielplatz, also mach dich vom Acker! Jerade eben hab ick schon einen von deiner Sorte verjagt. So'n schwarzen Affen. Verschwinde und lass dich hier nicht mehr blicken!"
Ich sage kein Wort, sammle die Tüten ein und sehe zu, dass ich wegkomme.
Der Regen hat zwar aufgehört, aber von den Bäumen tropft es immer noch, und allmählich bin ich bis auf die Haut durchnässt. Außerdem ziemlich ratlos. Wo könnte Sahal sein? Vielleicht auf einem der anderen Friedhöfe?
Fluchend schleppe ich die Tüten durch die Reihen der Gräber, als ich einen leisen Pfiff höre. Hastig stolpere ich in die Richtung, aus der ich glaube, dass der Ton gekommen ist, und ich täusche mich nicht: Sahal sitzt auf einer kleinen, halbrunden Bank, die von dichtem Gebüsch umgeben ist, und schlottert wieder am ganzen Körper. Ich reiche ihm die Wärmflasche und er wickelt sich in die Decke ein. Er lehnt sich zurück und ich sehe, wie sich eine Träne ihren Weg über sein Gesicht sucht.
„Wo schläfst du?", frage ich.
Er sieht mich misstrauisch an. Dann wendet er den Kopf ab.
„Zeig es mir. Bitte."
Ich sehe, wie viel Überwindung es ihn kostet, meiner Bitte nachzukommen.

Hinkend führt mich Sahal auf den zweiten Friedhof und zu einem Mausoleum, das ich sehr gut kenne. Ich bin oft mit meinem Vater davorgestanden und habe die beiden überdimensionalen nackten Steinfiguren betrachtet, die rechts und links vom Portal stehen. Links ist die Frau und rechts der Mann. Ihre Köpfe sind auf eine sehr unbequeme Art zur Seite gebogen, sodass sie mit ihren Schultern einen großen steinernen Querbalken stützen können. Unterhalb des Querbalkens sind fünf weitere, sehr viel kleinere Figuren, die die Arme nach oben recken und so aussehen, als würden auch sie den Balken halten. Ich war immer ungeheuer beeindruckt von dem Teil. Nie wäre ich auf die Idee gekommen, das Innere der Gruft zu betreten.
Aber genau das tun wir jetzt. Wir steigen die Stufen zu der schweren, hohen Metalltür hinauf. Sahal sieht sich ausgiebig um, bevor er die dicke Eisenkette entfernt, die nutzlos um zwei Metallstäbe gewickelt ist. Wie es sich auf einem Friedhof gehört, quietscht die Tür, als Sahal sie gerade so weit öffnet, dass wir hindurchschlüpfen können. Von oben dringt ein spärliches, gestreiftes Licht durch die Gitterstäbe und beleuchtet eine enge Wendeltreppe, die nach unten führt. Wir gehen tastend die Treppe hinunter. Und gelangen in die Gruft. Es ist dunkel und es riecht nicht gut. Genau wie Sahal riecht es: feucht und muffig. Mehr als riechen kann ich auch erst mal gar nicht, denn um etwas zu sehen, gibt es zu wenig Licht hier unten. Ich schließe die Augen und lasse sie eine ganze Weile geschlossen. Wie konnte Sahal ausgerechnet ein Grab als Versteck wählen? Wie lange versteckt er sich hier schon? Wie hält er das nur aus?
Als ich die Augen wieder öffne, erkenne ich allmählich die Umrisse der Gegenstände, die sich in der Grabstätte befinden. Vorsichtig wage ich einen Schritt vorwärts. Und berühre mit dem

Fuß etwas Weiches. Erschrocken mache ich einen Satz rückwärts. Das unheimliche Weiche bewegt sich nicht. Sahal bewegt sich nicht und ich bewege mich auch nicht. Eine ganze Weile stehen wir reglos da. Mir wird ganz schwummrig – kein Wunder, weil ich die ganze Zeit den Atem angehalten habe. Vorsichtig atme ich jetzt ein und aus und beobachte das weiche, dunkle Etwas, das da vor mir liegt. Meine Augen gewöhnen sich mehr und mehr an die Dunkelheit. Und endlich erkenne ich, dass es nur ein Haufen Laub ist. Er ist zu einer Art Matratze zusammengeschoben, hier also schläft Sahal.
„Sahal", sage ich, „ich muss hier raus."
Ich renne die Treppe hinauf und lasse Sahal zurück.
„Auf Wiedersehen", sagt er freundlich von unten.
„Ich komme wieder", rufe ich. „Gleich komme ich wieder. Warte kurz, es dauert nicht lang, ich muss nur noch was besorgen."
„Gleich", wiederholt er und hat vermutlich nicht alles verstanden.
Schon wieder düse ich los. Ich renne zum Supermarkt an der Ecke und hole Dosenwurst und Käse und Brot und Honig und Milch und Saft und Schokolade und eine Tüte Chips, und als ich wieder auf die Straße hinauskomme, stoße ich beinahe mit Karl zusammen.
Ich erkenne ihn kaum wieder, denn er ist unglaublich gewachsen. Als ich ihn zuletzt gesehen habe, war er halb so groß. Ich habe ihn ewig nicht gesehen. Karl hat mit seinen Eltern im Nachbarhaus meines Vaters in Kreuzberg gewohnt, er hatte eine riesige Eisenbahn aus Holz und er durfte die Schienen durch den ganzen leeren Dachboden legen, daran erinnere ich mich jetzt. Dort oben gab es auch eine Kammer mit einer gemütlichen, staubigen Matratze, auf der wir manchmal lagen und durch das kleine Fenster

die Wolken betrachteten, wenn wir genug hatten vom Schienenbau. Ich weiß nicht mehr, wie oft ich bei ihm war und wie es überhaupt dazu kam, dass ich mit ihm spielen durfte. Vielleicht war mir manchmal langweilig, wenn ich meinen Vater besucht habe, und er war das einzige Kind in der Nähe. Aber irgendwann war ich dann zu alt, um mit Jungs zu spielen, und der Kontakt zu Karl ist irgendwie abgebrochen. Schade eigentlich, denn wenn ich ihn mir jetzt so angucke, sieht er ziemlich cool aus. Er trägt zwar die uncoolsten Klamotten der Welt und hat eine unmögliche Frisur (sie sieht so aus, als hätte ihm seine Mutter mit der Küchenschere die Haare geschnitten, und wahrscheinlich hat sie das auch), aber er trägt das alles mit einer Haltung, die ihn unwiderstehlich macht. Auf seinen dichten, strohfarbenen Haaren sitzt eine winzige Häkelmütze. Keine Ahnung, wie sie da oben hält. Ich muss auf einmal so sehr grinsen, dass mir die Wangenmuskeln wehtun.
„Hi, Juni", grinst er zurück. „Du bist gewachsen."
„Äh, ja, du auch, Karl", stottere ich.
„Lange nicht gesehen. Besuchst du deinen Vater?"
„Nee", sage ich. „Ich wohne seit drei Jahren mit meinem Vater in Caputh."
„Ja, stimmt, dein Vater muss weggezogen sein, ich hab ihn ewig nicht mehr im Kiez gesehen. Wo ist dieses Karputt?"
„Caputh, bei Potsdam. Bin nur so ein bisschen in der alten Gegend unterwegs. Meinen Opa besuchen und so …"
O Mann, jetzt würde ich am liebsten alles sausen lassen und mit Karl ein Eis essen gehen oder 'ne Cola trinken oder was weiß ich. Aber leider habe ich ganz dringende Verpflichtungen …

„Tut mir echt leid, Karl, ich habe jetzt grade absolut keine Zeit, aber weißt du was, schreib mir doch mal deine Nummer auf, ich rufe dich heute noch an. Ich versprech's! Heute Abend."
„Okay …?"
Er mustert mich prüfend, aber ich hample nur nervös herum und weiß nicht, was ich noch sagen soll. Da zückt er sein Smartphone.
„Kannst mir ja auch einfach deine Handynummer geben. Dann rufe ich dich an."
„Sorry, ich hab keins. Meine Mutter glaubt, dass man davon sofort Ohrenkrebs kriegt."
„Unfassbar", murmelt er. „Hast du vielleicht was zum Schreiben? Ich trage eigentlich immer alles hier ein."
Irgendwo in den Untiefen meiner Tasche befindet sich ein Kuli, den gebe ich ihm, zusammen mit dem Kassenbon, mein kleiner Kalender ist gerade unauffindbar. Er kritzelt eine Nummer darauf und ich stopfe den Zettel in meine Hosentasche. Und dann eile ich auch schon los.

Sahal sitzt in die Decke gehüllt auf dem Laubhaufen in der Gruft und wärmt sich an der Wärmflasche. Auf einer leeren Konservendose brennt ein Teelicht. Offenbar hat er die Zeit über nachgedacht.
„Warum du kommst zu mir? Warum machst du Hilfe?", fragt er eindringlich.
Gute Frage. Wieso mache ich das alles? Lasse mich vom Regen durchnässen, schleppe für jemanden, den ich kaum kenne, Zeugs durch die Gegend, steige in eine unheimliche Gruft hinab und lasse dafür einen echt coolen Jungen einfach stehen.

„Du brauchst doch Hilfe, oder nicht?", frage ich zurück.
Er sinkt ein wenig in sich zusammen. Ich bleibe vor ihm stehen.
„Du warst doch damals in unserer Klasse. Mit Tina Wigand."
„Ja, ich kenne Tina. Von Sprechen in Schule. Dann ist Tina weg. Sie kommt nicht mehr."
„Sie hat dich nicht mehr besucht?"
Das würde zu ihr passen. Sahal hat ihr zu einer guten Note verholfen, das war alles, was sie von ihm wollte.
„Ich sehe dich in Schule. Ich sehe dich lange Zeit."
Ich werde ein wenig rot und weiß nicht, was ich darauf sagen soll. Dass wir uns so lange angeschaut haben, ist mir immer noch ein wenig peinlich.
„Ich glaube, ich muss jetzt los", sage ich und dabei schaue ich auf meine Uhr. Die Leuchtziffern zeigen eine unfassbare Uhrzeit. Halb sieben! Bis ich zu Hause bin, ist es acht, und da wird selbst mein sanftmütiger Vater um eine saftige Strafpredigt nicht herumkommen. Dabei hasst er es, mich auszuschimpfen. Er hat dann tagelang ein schlechtes Gewissen und erklärt mir immer wieder, weshalb diese Ermahnungen notwendig sind. Dadurch werde ich jedes Mal viel länger, als es zu ertragen ist, an mein Vergehen erinnert und kriege selber für alle Zeiten ein schlechtes Gewissen und so weiter und so fort.
„Mist! Ich muss echt los! Ich muss weit fahren, nach Potsdam. Mit U-Bahn und S-Bahn. Das dauert ewig", sage ich, während ich, so schnell ich kann, die Lebensmittel aus dem Supermarkt aus meinem Rucksack hole und sie ihm nacheinander in die Hand drücke. Er legt sie rings um den Laubhaufen ab und wiederholt: „Das dauert ewig." Ich muss lachen, und da passiert es: Er lächelt auch. Ein bisschen. Im Schummerlicht der kleinen Kerze sehe ich nur seine weißen Zähne und ahne den Rest. Die-

ses kleine, verdunkelte Lächeln wärmt uns beide – und dann ist es auch schon vorbei.

„Du und ich: Bruder und Schwester, okay?", sagt er mit sehr ernster Stimme.

„Bruder und Schwester, meinetwegen, Sahal", sage ich leichthin. Er greift in seine Hosentasche, holt einen Geldschein hervor und will ihn mir in die Hand drücken. Ich ziehe meine Hand zurück.

„Lass nur", sage ich, aber er hält mir den Schein so beharrlich hin, dass ich ihn schließlich nehme und in meine Hosentasche stopfe. Irgendwann werde ich ihn ihm wieder zurückgeben.

„Bitte, nicht sprechen zu deine Mama und Papa, bitte", sagt er.

„Nein", antworte ich. „Ich werde nichts sagen. Schon gar nicht meiner Mutter. Ich erzähle niemandem etwas von dir. Versprochen. Am Samstag bin ich wieder in Berlin. Vielleicht schaffe ich es auch vorher. Verstehst du?"

Er hebt verständnislos die Arme.

„Wenn du einfach jeden Tag um halb drei hier sein könntest? Jeden Tag. Halb drei." Ich zeige auf meine Uhr. „Sei einfach hier. Vielleicht kann ich kommen. Vielleicht nicht, okay?"

„Okay", sagt Sahal. Keine Ahnung, was er davon verstanden hat. Der Friedhofsgärtner hat anscheinend Feierabend und ich begegne auch sonst niemandem, als ich durch den Friedhof renne. Es weht jetzt ein krasser Wind, der die letzten Regentropfen von den Bäumen schüttelt, sodass ich noch einmal nass werde, aber das ist egal. Im Laufen greife ich in meine Hosentasche und ziehe den Schein heraus, damit ich ihn in meinem Portemonnaie verstauen kann. Erst da schaue ich ihn genauer an: Es ist ein 500-Euro-Schein.

Ich lege eine Vollbremsung hin. Vor Nässe und Aufregung zitternd, drehe ich den Schein in den Händen. Dann schlüpfe ich aus meinem rechten Ärmel und stecke ihn dort in die geheime Innentasche, ziehe den Reißverschluss meiner Jacke bis zum Kinn hoch und versuche, nicht weiter darüber nachzudenken.

Auf der Fahrt nach Hause esse ich die ganze Packung mit Nüssen auf, die ich in der Seitentasche von meinem Rucksack finde. Mein Gehirncomputer arbeitet auf Hochtouren, es gibt so viel an Informationen zu verarbeiten und an Planung vorzunehmen, und außerdem habe ich Hunger.

Während ich mir eine Nuss nach der anderen in den Mund stecke, versuche ich, mit dem 500-Euro-Schein fertigzuwerden. Es gelingt mir nicht.

Ich schaue aus dem Fenster – gleich muss ich aussteigen. Und gleich muss ich meinem Vater wieder irgendwelche Märchen erzählen, weshalb ich so spät komme. Ich strenge meine grauen Zellen an und lege mir schon einmal ein paar Ausreden zurecht.

Leider komme ich nicht dazu, sie anzubringen.

Zuerst fängt es ganz harmlos an.

„Juni, du weißt, dass ich mir große Sorgen mache, wenn du dich verspätest!", sagt mein Vater.

„Tut mir leid, Papa. Ich war noch bei Opa und dann habe ich zufällig Karl getroffen. Erinnerst du dich an Karl? Aus dem Nachbarhaus in Kreuzberg?"

„Das interessiert mich jetzt nicht. Das kann kein Grund sein, so spät nach Hause zu kommen."

Auweia, der ist ja richtig sauer! Am besten, ich sage jetzt gar nichts mehr. Dann beruhigt er sich vielleicht von alleine.

Tut er aber nicht.

„Wie war es bei der Anmeldung in der Sprachschule? Hat alles geklappt?", fragt er plötzlich mit einem seltsamen Unterton in der Stimme.

„Äh, ja. Alles klar", stottere ich. An diese blöde Sprachschule habe ich gar nicht mehr gedacht.

Das war ein Fehler.

„Und wie, bitte schön, konntest du dich anmelden ohne das Anmeldeformular?"

Er nimmt das Formular vom Küchentisch und hält es mir unter die Nase.

So ein Mist! Ich Dödel hab das Ding vergessen! Dabei fand ich mich so superschlau, eine Anmeldung irgendeiner Sprachschule aus dem Internet zu laden, damit das Ganze glaubwürdig wird.

„Äh, tja, ähm ... Ich hab's doch nicht geschafft. War zu lange unterwegs. Ich mach's morgen."

Ha! Und unter diesem Vorwand kann ich gleich noch einmal zum Friedhof fahren, denke ich übermütig.

„Juni, hier stimmt was nicht. Wieso lügst du mich an? Gerade eben sagtest du noch, du hättest dich angemeldet, nun hast du es wohl doch nicht getan. Warum hast du gelogen? Was kann ich dir noch glauben?"

Mir wird ganz flau. Es ist auf einmal so ein schreckliches Gefühl, meinen Vater zu belügen. Es ist, als würde ich auf einer Rutschbahn sitzen und immer weiter abwärtssausen. Und es gibt kein Zurück mehr.

„Papa, es tut mir so leid, dass du dir Sorgen um mich gemacht hast. Es war nicht meine Absicht. Ich war nachlässig und gedankenlos. Es hat einfach solchen Spaß gemacht, mich mit Karl zu unterhalten. Der ist wirklich nett. Erinnerst du dich nicht an ihn?"

Jetzt habe ich ihn um den Finger gewickelt, das kann ich sehen. Er denkt nach.

„Natürlich, ich erinnere mich an Karl. So ein origineller Junge, nicht wahr? Und seine Eltern sind meines Wissens politisch sehr engagiert."

„Ganz genau", sage ich eifrig und atme erleichtert auf.

Und dann kommt der Hammer.

„Ich muss morgen Vormittag für meine Vorbereitungen der Ecuador-Reise nach Berlin reinfahren", sagt mein Vater. „Das ist eine gute Gelegenheit, mir deine Sprachschule einmal anzuschauen. Ich kann dich dort dann gleich selbst anmelden."

Keine Panik!, denke ich panisch. Nur nicht stottern. Los, Nüsse, jetzt seid ihr gefragt! Bringt mein Gehirn auf Touren!

„Die Schule ist aber ziemlich weit weg", sage ich so ruhig, wie ich kann. Welches ist der am weitesten entfernte Berliner Stadtteil von Caputh? „Sie ist in Friedrichshagen."

Das war noch ein Fehler.

„In Friedrichshagen? Aber auf der Anmeldung steht doch eine Kreuzberger Adresse."

„Äh, die Kurse in Kreuzberg waren alle voll, ich gehe in die Hauptstelle nach Friedrichshagen."

„Hör mal, Juni, ich möchte nicht, dass du jeden Tag den weiten Weg nach Friedrichshagen auf dich nimmst, um diesen Sprachkurs zu besuchen. Da bist du ja insgesamt länger unterwegs, als der Kurs dauert. Dir ist wohl nicht bewusst, wie anstrengend das wäre. Und ich bin mir sicher, dass Angelika das genauso sieht."

Ich spüre, wie die Nüsse meine Gehirnwindungen ölen, und sortiere in Windeseile die Möglichkeiten.

„Also, die haben überall Kurse, in ganz Berlin. Ich kann ja gucken, ob es noch freie Plätze in Steglitz gibt, da ist auch eine Filiale, und das wäre doch ganz in der Nähe von Mama. Und du musst echt nicht wegen meiner Vergesslichkeit extra morgen sonst wohin fahren. Das mache ich schon selbst. Ich weiß ja, wie wenig Zeit du immer hast, und vor allem jetzt, wo du bald wegfährst."

„Danke, Juni, das ist sehr fürsorglich. Ich werde morgen sicherlich nicht mehr viel Zeit aufbringen können. Es wäre also prima, wenn du es selbst erledigen würdest."

Gott sei Dank ...

Er sieht mich prüfend an. Mir wird wieder ganz flau.

„Du siehst müde aus. Möchtest du noch ein Spiegelei? Eines ist noch übrig. Erzähl doch mal, wie es Opa geht."

Ich nicke dankbar. Ich bin tatsächlich völlig geplättet. All das Herumgerenne im Regen, die Aufregung, die Hektik!

Und die Lügerei ...

Fünf

Ich habe vergessen, Karl anzurufen. Einfach nicht mehr an ihn gedacht. Bin nach dem Abendessen ins Bett geplumpst, ungewaschen, ohne die Zähne zu putzen, und habe geschlafen wie ein Stein. Dafür werde ich ihn einfach mal besuchen, heute, nachdem ich bei Sahal gewesen bin.
Auf der Fahrt nach Kreuzberg denke ich die ganze Zeit an den Geldschein. Gestern hab ich es noch fertiggebracht, die Sache zu verdrängen, jetzt geht es nicht mehr. Es wird Zeit, dass Sahal mir erzählt, was los ist. Ich kann ihm nicht mehr weiterhelfen, wenn ich nichts weiß. Ich habe Angst davor, dass er etwas Schlimmes angestellt hat, und eigentlich weiß ich, dass er gar nicht auf normalem Weg an dieses Geld gekommen sein kann. Aber ich will es nicht wahrhaben.
An der Station Gneisenaustraße steige ich aus der U-Bahn – und da sehe ich Sahal mitten auf dem Bahnsteig auf einer Bank sitzen. Ich bin völlig platt. Sahal sieht so froh aus, als würde er mich am liebsten umarmen. Zum Glück tut er es nicht, denn zwischen uns steht ein imaginärer überdimensionaler 500-Euro-Schein.

„Ich bin glücklich, du kommst", sagt Sahal. „Habe hier warten."
Ich setze mich zu ihm auf die Bank. Eine weitere U-Bahn fährt ein und überschwemmt den Bahnhof mit Menschen. Sahal rutscht unruhig auf der Bank herum, als wollte er nicht gesehen werden.
„Was ist?"
Ich bekomme keine Antwort. Der Bahnhof leert sich, Sahal steht auf und hinkt ein paar Schritte auf den Ausgang zu. Dann bleibt er stehen. Es ist, als würde er in sich zusammensacken.
„Wo gehen?", sagt er verzweifelt. „Mann kommt." Er deutet einen dicken Bauch an und ich verstehe es so, dass ihn der Gärtner entdeckt und verjagt hat. Sahal setzt sich wieder zu mir und vergräbt seinen Kopf in den Händen. In meinem Gehirn rasen die Gedanken hin und her, finden keine Richtung, stieben auseinander wie die Kugeln auf einem Billardtisch. Sie knallen gegen eine Bande aus 500-Euro-Scheinen, prallen zurück und kullern in alle Richtungen zugleich. Neben mir sitzt Sahal, nach vorn gebeugt, ein Häufchen Elend. Sein ganzes Dasein ist mir wie ein einziges großes, heißes Rätsel, zusammengesetzt aus lauter kleinen, brennenden Fragen. Woher hat er das Geld? Wieso ist er abgehauen? Wohin könnte er gehen? Wo könnte er sich verstecken? Was soll ich tun?
„Was tun?", sagt da Sahal wie ein Echo meiner Gedanken und da weiß ich, dass ich etwas tun muss und dass ich ihm vertrauen will. Ich kenne die Gegend hier gut, da muss es doch irgendetwas geben! Zuerst fällt mir der Keller bei meinem Opa ein. So vollgestopft mit Kisten und alten Möbeln, wie der ist, könnte Sahal sich dort unten fast unsichtbar machen. Aber mein Opa geht fast täglich hinunter, um irgendetwas zu holen oder dort zu deponieren.

Und plötzlich habe ich eine ganz andere Idee: der Dachboden bei Karl! Wo Karl und ich uns so oft zum Spielen getroffen haben. Der kleine Raum dort ist mit Matratzen und Decken ausgelegt, an den Wänden hängen Filmplakate und in einer Ecke liegt massenhaft Lesefutter – zumindest war das damals so. Die Kammer ist hell und gemütlich und ich weiß sogar noch, wo der Schlüssel versteckt ist. Allerdings weiß ich nicht, ob Karl ihn noch oft benutzt. Das muss ich unbedingt herausfinden. Ich wollte ja sowieso Karl besuchen.

„Hör mal", sage ich. „Vielleicht kann ich etwas für dich tun. Aber solange musst du dich erst noch auf einem anderen Friedhof verstecken. Er ist vielleicht fünf Minuten zu Fuß entfernt."

Ich weiß zwar, dass er nicht alles versteht, was ich sage, aber ich habe keine Lust, in Kindersprache mit ihm zu sprechen, nach dem Motto: „Du warten. Ich zurückkommen" und so weiter. Ich zeige auf seinen Fuß. „Kannst du gehen?"

„Besser", sagt er.

„Dann komm mit."

Also marschieren wir los. Wir gehen die Zossener Straße in Richtung Norden, eilen zielstrebig am Trödelladen von meinem Opa vorbei und biegen dann in die Baruther Straße ein. Dort befindet sich ein kleinerer Friedhof. Ich war erst einmal mit meinem Vater dort, und damals war er absolut menschenleer. Sahal humpelt nervös neben mir her. Seine Augen fixieren jeden Fußgänger, der uns entgegenkommt oder überholt. Sobald er merkt, dass ihn jemand ansieht, senkt er den Kopf und betrachtet seine Schuhe. Das macht mich wiederum ganz nervös und ich bin froh, als wir endlich auf dem Friedhof ankommen und eine kleine, zwischen Büschen versteckte Bank für ihn finden. Ich bitte Sahal, dort sitzen zu bleiben, und bevor er noch etwas sagen kann, bin ich schon unterwegs. Ich düse die Zossener Straße zurück und die Friesenstraße hoch. Autos rattern über das Kopfsteinpflaster, Mütter schieben ihre Kinderwagen den Berg hinauf und Fahrradfahrer sausen ihn hinunter. Hier geht's richtig steil hoch, so steil wie sonst nirgendwo in ganz Berlin. Ich biege in die Fidicinstraße ein und durchforste die Klingelschilder am Eingang des Hauses, in dem Karl mit seinen Eltern lebt. Vorderhaus viertes Obergeschoss, Petra, Thomas und Karl Erdmann, lese ich und klingle stürmisch. Bin richtig aufgeregt. So lange war ich nicht hier ... Der Summer ertönt. Bitte, lass Karl da sein, flehe ich innerlich einen hoffentlich gnädigen Schicksalsgott an.

Karls Vater öffnet die Wohnungstür.

„Hi", sage ich freundlich. „Ist Karl da?"

„Karl?", ruft sein Vater über den Flur. „Besuch für dich! Komm herein. Na, das ist doch die Juni! Stimmt's? Lange nicht gesehen ..."

„Wow, dass Sie sich noch an mich erinnern!"

„Na, bisher bin ich von Altersdemenz verschont geblieben."

Karls Vater ist sehr speziell, aber gut speziell. Er hat einen ziemlich extravaganten Stil. Der letzte Rest seiner Haare ist sorgfältig abrasiert, er trägt bunte Klamotten (die grasgrüne Hose ein wenig zu kurz), ein Piercing an seiner rechten Augenbraue, und wie früher läuft er barfuß herum. Ich weiß gar nicht mehr genau, was er arbeitet. Irgendetwas mit Kunst oder so. Er bittet mich in der Art eines Butlers herein, so mit einer Verbeugung und der Hand auf dem Rücken. Dann verschwindet er lautlos. Ich muss lachen. Da kommt mir Karl mit einem Eimer Wasser entgegen. Er trägt die Häkelmütze und ein T-Shirt mit seltsam gewundenen Linien vorne drauf. *Dies sind äußerst bedeutsame Spezialkringel*, lese ich. Ich bekomme plötzlich weiche Knie und versuche mich an einem Lächeln, verliere aber dabei völlig die Kontrolle. Ich glaube, gleich sind meine Mundwinkel bei den Ohren angekommen, so breit muss ich grinsen. Und ich stelle wieder einmal fest, dass Zeit keine feste Größe ist, denn während mein Grinsen sich verselbständigt, geht mir auf, dass ich gerade dabei bin, mich in meinen alten Freund aus Kindertagen zu verknallen, und ich wundere mich, wie so etwas passieren kann, und frage mich, wohin das führen soll, und denke, das muss ich Kaya erzählen, und das alles muss doch mindestens drei Minuten dauern, aber es kann höchstens eine halbe Sekunde gewesen sein.

„Hi, Juni. Dachte schon, du hast mich vergessen", sagt Karl und dreht mit dem Eimer ab in Richtung Bad. Er hat mich gar nicht richtig angesehen. Ist vielleicht auch besser so. Ich sehe bestimmt ziemlich dämlich aus. Ich tapere hinter ihm her ins Bad.

„Tut mir leid, gestern Abend hatte ich noch Stress mit meinem Vater und da war's dann zu spät, um dich noch anzurufen", stottere ich. „Aber ich dachte, dass du dich vielleicht freust, wenn ich dich mal besuche ..."

„Klar. Ich freu mich", sagt er vergnügt und schüttet das Wasser in die Toilette. Er kann richtig süß lächeln.

„Ich bin heute schwer beschäftigt. Hab mir ein Aquarium zugelegt. Und irgendein Nichtskönner hat mir die falschen Steine verkauft. Jetzt ist der ph-Wert viel zu hoch und ich muss alles wieder austauschen. Kannst mir ja helfen, die Fische einzufangen."

„Okay", sage ich und folge ihm in sein Zimmer. Es sieht aus wie der reinste Dschungel. Etliche Pflanzen in großen Kübeln wachsen bis hoch zur Decke, auf dem Fensterbrett stehen Kakteen und über die gesamte Länge der Wand erstreckt sich ein gigantisches Aquarium. Sein Zimmer ist nicht besonders aufgeräumt, aber den Pflanzen scheint es gut zu gehen und das Aquarium sieht grandios aus.

Zuerst holt Karl ein großes Piratenschiff aus Plastik aus dem Becken, dann schöpft er ein wenig Wasser in einen kleinen Eimer und drückt mir einen Kescher in die Hand. Er selbst hat auch einen und so stochern wir in dem zur Hälfte gefüllten Becken herum und versuchen, die armen gestressten Fische einzufangen.

„Hier, das ist Skeletor und das Grätel."

Geschickt holt er zwei fast durchsichtige Fische heraus und lässt sie in den Eimer gleiten.

„Und hier haben wir Ikarus, er ist schon einmal aus dem Aquarium gehopst."

Er fängt zwei weitere Aquariumbewohner ein: „Darf ich vorstellen: Marie und Joanna, die beiden Clownschmerlen, die sieht man nicht oft. Meistens verstecken sie sich im Piratenschiff."

Endlich gelingt es auch mir, einen schwarz-roten Fisch zu ergattern.

„Ah, das ist Joschka, der Kampffisch."

Mir fällt ein, dass Karl schon immer einen Hang zu außergewöhnlichen Namen für seine Tiere hatte. Ich erinnere mich an Hannelore, den Hamster, und an den uralten schwarzen Kater namens Bruce Willis. Aber der ist bestimmt schon lange tot. Ich meine, der Kater ist tot. Nicht der Schauspieler. Obwohl der ja auch schon uralt ist.

Auf einmal fällt mir wieder ein, weshalb ich hier bin. Sahal. Er sitzt die ganze Zeit auf dem Friedhof und wartet darauf, dass ich ein neues Versteck für ihn klarmache.

„Äh, weißt du noch, wie wir früher immer oben auf dem Dachboden gespielt haben?", platze ich heraus.

„Wie kommst du denn jetzt darauf? Klar erinnere ich mich, wir haben da kilometerweise Schienen verlegt. Die Holzbahn hat jetzt mein kleiner Cousin. War schon 'ne coole Sache da oben, ich war schon ewig nicht mehr dort. Irgendwie find ich mein Zimmer hier besser. Im Sommer ist es oben zu heiß und im Winter zu kalt."

Jep! Das war's, was ich wissen wollte. Eigentlich könnte ich jetzt gehen, aber irgendwie auch wieder nicht. Ich kann doch jetzt nicht einfach abhauen. Karl würde mich für völlig bescheuert halten. Außerdem will ich gar nicht gehen. Er sieht so süß aus, wenn er da so mit den Fischen herumwirbelt. Ich könnte ihm ewig zusehen. Ich werde noch fünf Minuten bleiben. Fünf Minuten für Karl – fünf Minuten gegen Sahal.

„Und, wie geht es dir sonst so?", frage ich Karl.

„Ganz okay", sagt er einsilbig und fischt den letzten Fisch aus dem Aquarium. Gleich darauf fängt er an, die Pflanzen auszugraben und behutsam in eine Schüssel zu legen. Dabei helfe ich ihm ein wenig, aber ich denke die ganze Zeit an Sahal.

„Und, fährst du weg in den Ferien?", fragt Karl, während er mit beiden Händen Kies aus dem Becken holt und ihn in den größeren Eimer von vorhin schaufelt.

„Nee. Ich bin volle vier Wochen bei meiner Mutter", sage ich bekümmert und muss unpassenderweise schon wieder so breit grinsen. „Wir verstehen uns nicht besonders, seit ich bei meinem Vater lebe." Ich muss doch jetzt aber los, denke ich, Sahal wartet doch, aber ich stehe da und grinse und grinse.

„Das muss bescheuert sein, so ein Hin und Her", sagt Karl.

„Stimmt. Äh, aber ich muss jetzt leider los, weil ich … äh … noch was abholen muss." Puh, das hört sich jetzt wirklich wie eine faule Ausrede an. Aber jetzt kann ich es nicht mehr rückgängig machen. Karl hält inne und schaut mich ganz komisch an.

„Noch was abholen, aha", sagt er ironisch.
„Ich hab eben grad wenig Zeit", erwidere ich ein wenig zu pampig und gleich tut es mir leid. Karl wendet mir den Rücken zu und baggert mit den Händen im Aquarium herum.
„Tut mir echt leid, Karl, im Moment ist einfach viel los bei mir."
„Schon gut", sagt er nur. Er schippt eine ganze Handvoll Kies in den Eimer und sieht schon wieder so süß aus. Oder immer noch. Oder was weiß ich.
„Wir fahren am Samstag für zwei Wochen mit dem Rad durch Polen", erzählt er. „Wenn wir wieder da sind, können wir uns ja mal treffen, wenn du Lust hast. Vielleicht hast du dann ja auch mehr Zeit."
„Gute Idee", sage ich dankbar. „Ich schreibe dir die Telefonnummer von meiner Mutter auf. Deine hab ich ja. Ich freu mich echt drauf, wenn es mal länger klappt."
Ich suche nach einem Stift und einem Zettel auf seinem chaotischen Schreibtisch und kritzle die Nummer schließlich mit rosa Edding auf einen Briefumschlag, als die Tür zu Karls Zimmer schwungvoll geöffnet wird und seine Mutter hereinkommt. Sie hat noch immer hennarot gefärbte Haare und trägt einen weiten Kaftan, unter dem zwei kugelrunde, fußballgroße Brüste wogen. Sie drückt mich an sich und ich versinke in ihrer einladenden Weichheit.
„Juni, wie schön, dich zu sehen! Das ist so lang her, dass du hier warst. Stell dir vor, Karl", sagt sie und lässt mich leider schon wieder los, „Frau Scherwatzke von nebenan hat abgesagt. Sie muss zu ihrer Mutter nach Wiesbaden, ich glaube, die stirbt ihr gerade weg. Jetzt müssen wir jemand anderen zum Blumengießen und für deine Fische suchen."
Wie ein Blitzschlag trifft mich eine Eingebung. „Ich könnte das

machen! Ich könnte die Blumen gießen und Fische füttern. Ich bin sowieso in Berlin und mach das gern. Ich mag Blumen. Und, äh, Fische mag ich ganz besonders", sage ich fröhlich.

„Also, Juni, das ist ja großartig! Im Moment sind so viele von unseren Nachbarn und Freunden verreist. Es ist gar nicht so leicht, jemanden zu finden, der diese Arbeit auf sich nimmt. Wir haben eine ganze Menge Pflanzen, aber es reicht, wenn du sie einmal in der Woche gießt. Das mit den Fischen muss dir Karl erklären. Warte, ich hol dir gleich den Schlüssel."

„Aha, für so was ist also trotz der ganzen Hektik noch Zeit", grinst Karl, als sie aus dem Zimmer ist. „Wolltest du nicht gerade noch dringend gehen? Und bist du wirklich so ein Fischfan?"

„Na ja, dein Aquarium finde ich jedenfalls richtig toll", stammle ich verlegen.

Bevor Karl noch misstrauischer werden kann, kommt seine Mutter zurück und drückt mir zwei Schlüssel in die Hand.

„Hier, der ist für unten, und das ist der Wohnungsschlüssel. Jetzt zeige ich dir die Pflanzen und erkläre dir, welche wie viel Wasser brauchen. Karl erklärt dir dann deine Aufgabe bei den Fischen. Okay?"

„Okay", antworte ich und seufze innerlich. Ich stelle mir Sahal vor, wie er unruhig auf dem Friedhof wartet, während ich durch die Wohnung mit ihren gefühlt zwanzigtausend Pflanzen geführt werde.

Mindestens eine Dreiviertelstunde vergeht, bevor ich Karls Wohnung verlassen und heimlich die Treppe zum Dachboden hinaufschleichen kann. Ich öffne die Dachluke und tatsächlich: Die beiden Schlüssel hängen immer noch außen an einem Nagel. So leise, wie ich kann, öffne ich zuerst die schwere Metalltür und dann die niedrige Holztür zu dem kleinen Raum. Er sieht noch genauso aus, wie ich ihn erinnere. Die Luft ist ein wenig abgestanden und das winzige Dachfenster ist verdreckt, aber es lässt sich öffnen. Neben der Matratze liegt ein gigantischer Stapel Comics. *Calvin und Hobbes, Lustige Taschenbücher, Der kleine König der großen Tiere* ... Damit hat sich Karl also zuletzt hier beschäftigt.

Ich schließe die Türen wieder und lausche ins Treppenhaus. Nichts zu hören. Unten auf der Straße fange ich an zu laufen. Ich laufe über den Marheinekeplatz, dann die Zossener Straße entlang. Ich überquere die Gneisenaustraße und renne direkt in die Arme von meinem Opa. Er steht vor seinem Trödelladen und wundert sich.

„Hallo, Opa", sage ich schnell. „Ich hab's gerade ziemlich eilig. Ich besuche dich ein andermal. Ganz bestimmt! Ciao!"

Ich sehe noch, wie er kopfschüttelnd zurück in den Laden geht, und schon laufe ich weiter. Und ganz plötzlich gerate ich wieder in das Gedankenwirrwar von vorhin auf dem U-Bahnhof, wieder sausen Billardkugeln in meinem Kopf hin und her, und am liebsten würde ich jetzt zurück zu meinem Opa laufen und mit ihm ein wenig schweigen und dann nach Hause fahren und mich in die Hängematte legen und gegen Filou im Faulenzen verlieren. Aber trotzdem laufe ich weiter, lasse meinen Opa und meine Zweifel und meine Verwirrung zurück und bekomme dafür einen dicken Kloß in meinen Hals.

Mit diesem Kloß im Hals stehe ich schließlich vor dem schlafenden Sahal. Er hat sich auf der kleinen Bank zusammengerollt und schnarcht leise. Die Sonne hat sich durch die Zweige gemogelt und scheint auf seinen dünnen Körper. Er hat mich offenbar gehört, denn er wacht auf. Es ist wie eine Explosion: Er schlägt die Augen auf und umschlingt die Welt mit seinem

Blick. Er muss sich nicht erst orientieren, er weiß sofort, wo er ist, und er hat Angst.

Ich möchte irgendetwas Beruhigendes sagen, aber ich ahne, dass es nichts gibt, was ihn beruhigen könnte. Ich bin ja selbst so beunruhigt, und diese Beunruhigung ist so groß wie das größte schwarze Loch im Universum und sie sitzt in meinem Hals und droht mich zu ersticken, und auf einmal sagt Sahal: „Wo gehe ich?", und holt mich damit wieder zurück auf den kleinen, friedlichen Friedhof.

Ich öffne meine Jacke und fingere den Geldschein aus der Geheimtasche. „Das hier ist sehr viel Geld. Woher hast du das?"

„Große Probleme", sagt Sahal und sieht mich nicht an.

„Hast du es gestohlen?"

Sahal schweigt.

„Besser, wenn du nicht weißt, Mädchen", sagt er schließlich.

„Ich heiße Juni", sage ich, und da lächelt er.

„Juni, Juli, August", zählt Sahal auf.

„Ja, wie der Monat", erwidere ich ungeduldig. Was soll ich nur tun? Ich könnte ihn jetzt einfach zu der Dachkammer führen und anschließend die Polizei holen, dann wäre ich aus der Sache raus. Vielleicht wäre das doch das Beste? Ja, es wäre das Beste. Und deshalb werde ich die Polizei holen und die werden sich um alles kümmern, und wenn er ein Dieb ist, wird er bestraft werden, wie es sich gehört – ist doch nicht meine Schuld, wenn er Geld klaut. Ich stopfe den Geldschein in seine Jackentasche, er lässt es mit abgewandtem Blick zu. Dann gehe ich einfach los und er folgt mir nach. Ich laufe im Zickzack durch die Straßen, um meinem Opa nicht zu begegnen, und denke die ganze Zeit: Jetzt führe ich Sahal zu der Dachkammer in Karls Haus und dann gehe ich zur Polizei.

Sechs

Ich liege im Bett und versuche, den Tag zu sortieren. Irgendwie ist so viel passiert, dass ich alles durcheinanderbringe. Vielleicht sollte ich von hinten anfangen. Oder doch von vorn? Aber wo ist vorn und wo ist hinten und wo ist der Weg heraus aus diesem Schlamassel? Vielleicht sollte ich ja mit dem Schlimmsten anfangen. Und das Schlimmste ist, dass mein Vater mir nicht mehr vertraut.

„Ich war immer stolz darauf, eine so selbstständige Tochter zu haben", hat er vorhin gesagt, „und jetzt sehe ich, dass ich dir wohl zu sehr vertraut habe."

Ich war nahe dran, ihm alles zu erzählen, von Sahal und dem Geldschein, und ich weiß selbst nicht, warum ich geschwiegen habe. Er war kurz davor, die Reise nach Ecuador abzublasen. Würde sein Flug nicht schon morgen früh um sechs Uhr gehen, wer weiß, vielleicht hätte er es sogar tatsächlich gemacht. Dafür habe ich jetzt meine Mutter im Nacken.

Also gut, ich erzähle mal der Reihe nach. Es fing damit an, dass Papa mit Opa telefoniert hatte, als ich nach Hause kam. Oder nein, es fing damit an, dass ich zu spät kam. Viel zu spät. Weil ich nämlich noch Lebensmittel für Sahal gekauft habe. Und vorher musste ich den Geldschein bei der Bank wechseln. Genau, eigentlich fing es mit dem Schein an. Als wir die Gneisenaustraße entlanggingen, holte Sahal ihn aus seiner Jackentasche und sagte:

„Diese Geld ist zu groß. Ich kaufe Brot, ich gebe diese Geld, aber Mann sagt, diese Geld ist gestohlen. Er sagt, ich hole Polizei. Ich laufe schnell weg. Bitte diese Geld klein machen. Nicht Polizei holen. Nicht Polizei."

Mist, dachte ich. Genau das wollte ich doch eigentlich machen: die Polizei holen. Und was machte ich stattdessen? Ich lief los und dachte mir im Laufen eine supergute Lügengeschichte für die Leute in der Bank um die Ecke aus. Irgendwie musste ich sie ja dazu bringen, den großen Schein zu wechseln. Sahal sollte so lange auf der Schaukel des kleinen Spielplatzes hinter der Post warten.

„Ich habe das Geld von meinem Opa zum Geburtstag gekriegt und jetzt will ich meiner Mutter zu ihrem Geburtstag eine Geldbörse schenken und ein paar kleine Scheine hineintun, damit schon mal was drin ist, aber ich habe nur den großen Schein und vielleicht sind Sie ja so nett und würden ihn mir wechseln?", sagte ich zu der Frau mit den Klimperohrringen hinter der Theke. Sie hörte mir gar nicht richtig zu, klimperte nur ein wenig mit den Ohrringen und schob mir, ohne mich anzusehen, die Scheine zu. Dann habe ich mit dem gewechselten Geld in der Markthalle Brot und Obst und Wurst für Sahal gekauft und dann fiel mir ein, dass er ja auch noch etwas zu trinken braucht, und bei der Gelegenheit fiel mir ein, dass es auf dem Dachboden gar keine Toilette gibt, und da habe ich noch einen Eimer im Supermarkt gekauft.

Und spätestens als ich mit all den Sachen im Eimer am Spielplatz ankam, war mir klar, dass ich doch nicht zur Polizei gehen würde. Und als ich Sahal von Weitem auf der Schaukel sitzen sah, war ich mir sicher, dass es irgendeinen ganz harmlosen Grund geben musste, warum er so viel Geld bei sich hatte, und zwar ganz einfach deshalb, weil ich es so wollte. Und weil Sahal nur ganz langsam die Friesenstraße hinaufhumpeln konnte, hat es gedauert und gedauert. Als ich auf die Uhr sah, war es Viertel nach sieben, und ich wäre beinahe in Ohnmacht gefallen. Wir schlichen die Treppen zur Kammer hinauf, ich zeigte Sahal die Schlüssel hinter der Dachluke, ich schloss auf und steckte ihm die Geldscheine zu.
„Kannst du vielleicht für zwei Tage hierbleiben?", fragte ich.
„Heute ist Mittwoch. Am Freitag komme ich wieder."
„Mittwoch, Donnerstag, Freitag", sagte Sahal und lächelte.
„Ja, genau, Freitag, am Freitag sehen wir uns wieder."
„Am Freitag sehen wir uns wieder", wiederholte Sahal langsam und deutlich, und da musste auch ich lächeln und einen Wimpernschlag lang war es wie damals im Klassenzimmer, als wir nicht aufhören konnten, uns anzusehen.
Auf der Heimfahrt dann habe ich mir wieder einmal die krasseste Lügengeschichte ganz Berlins und Potsdams ausgedacht. Es kam darin vor: eine vergessene Uhr, eine Juni, die nach der Schule in ihrem Bett eingeschlafen war, sich anschließend auf dem Weg nach Friedrichshagen mit dem Bus verfahren hatte und es gerade noch zur Sprachschule geschafft hatte, bevor diese schloss, und als letzte Ausrede hätte ich eine kaputte S-Bahn auf dem Weg zurück nach Potsdam angeführt. Ob mein Vater mir diese Geschichte geglaubt hätte, werde ich nie erfahren, denn als ich nach Hause kam, hatte zwei Stunden zuvor mein Vater

bei Opa angerufen, um sich vor seiner großen Reise von ihm zu verabschieden, und mein Opa hat ihm prompt erzählt, dass er mich gesehen hatte.

„Du warst also gar nicht in Friedrichshagen, sondern in Kreuzberg! Ich habe recherchiert und diese angebliche Sprachschule ist nirgendwo verzeichnet. Du hast mich angelogen, Juni! Opa hat außerdem etwas von einer Schulaufführung gesagt, für die du Kleider bräuchtest. Davon weiß ich auch nichts!", schrie mein Vater.

Mein Vater schreit sonst nie.

„Er hat sich gewundert, dass du in letzter Zeit so oft in Kreuzberg bist. Und heute hat er dich einige Male gesehen, wie du im Kiez herumgestreunt bist, einmal war ein dunkelhäutiger Junge dabei. Juni, ich möchte auf der Stelle eine Erklärung für alle Einzelheiten."

Ich stand da und sagte gar nichts. Mir fiel nichts ein. Ich war wie vor den Kopf gestoßen. Es war, als hätte ich meinen Vorrat an Lügen verbraucht. Das war genau der Moment, an dem ich beinahe die Geschichte von Sahal und dem Geldschein erzählt hätte. Aber es war zu viel, diese Geschichte war mir zu groß geworden, um sie meinem Vater zu erzählen, der in wenigen Stunden nach Ecuador fliegen will. Und ich wollte Sahal nicht verraten. Also hab ich geschwiegen und dabei zugesehen, wie sich die Wut meines Vaters in Enttäuschung verwandelte. Und dann hat er das mit dem Vertrauen gesagt, und das macht mich jetzt immer noch fertig.

„Ich bin sehr enttäuscht von dir, Juni. Diese ganze Geschichte wird Folgen haben, wenn ich von Ecuador zurück bin. Ich kann jetzt unmöglich die Reise absagen, das weißt du. Ich habe Angelika benachrichtigt und ihr die Lage erläutert. Sie wird auf die

Sache zurückkommen und sicher ihre eigenen Konsequenzen ziehen. Ich weiß, wie hart deine Mutter sein kann. Aber das hast du dir selbst zuzuschreiben. Ich kann gar nicht sagen, wie sehr ich von deinem Verhalten enttäuscht bin."
Ich hab immer noch geschwiegen. Mein Gehirn war wie verklebt, aus meinem Mund kam kein Ton.
„Geh jetzt in dein Zimmer, Juni. Ich möchte dich heute Abend nicht mehr sehen!"
Also bin ich wie ein Zombie in mein Zimmer gewankt und habe mich ins Bett gelegt.
Ich habe ihn enttäuscht. Und jetzt liege ich hier und kann nicht einschlafen, und so wie ich ihn kenne, liegt er vermutlich auch in seinem Bett und kann nicht schlafen.

Ich habe keine Ahnung, wie, aber irgendwie bin ich dann doch eingeschlafen. Ich bin nicht einmal aufgewacht, als Papa aus dem Haus gegangen ist. Erst als der Wecker klingelt, schnelle ich wie von der Tarantel gestochen hoch und sehe nach, ob er noch da ist, aber das ist er nicht. In seinem Bett liegt nur der gute alte Filou, der verschlafen den Kopf hebt und gleich weiterschnarcht, als er sieht, dass ich es bin.
Mein Vater hat sich nicht von mir verabschiedet.
Das macht mich so fertig, dass ich mich auf der Stelle auf den Boden setze und weine. Mir ist das alles zu viel. Ich kann nicht mehr. Mein Vater ist weg und ich muss morgen zu meiner Mutter, die mir die Hölle heißmachen wird wegen der Lügengeschichte mit dem Englischkurs. Ich werde nicht mehr zu Sahal gehen können. Sie wird mich nicht alleine nach Kreuzberg fahren lassen, um Karls Fische zu füttern. Sie wird es eher selbst tun oder Alex muss mich begleiten. Aber ich muss Sahal wenigstens

Bescheid geben, dass er ab jetzt alleine zurechtkommen muss. Ich kann ihm nicht mehr helfen. Er muss zurück in das Wohnheim gehen, egal was dort ist, oder?
Das Telefon klingelt. Und als hätte ihr jemand meine Gedanken übertragen, kreischt mir meine Mutter ins Ohr. Na ja, okay, sie kreischt nicht. Sie regt sich fürchterlich auf. Vielleicht weint sie ja sogar, ich kann nicht hinhören. Ich ertrage es nicht. Und ich lege einfach auf. Und als das Telefon danach gar nicht mehr aufhört zu klingeln, gehe ich nicht ran. Das packe ich jetzt nicht. Morgen ist noch früh genug für all ihre verletzten Gefühle und berechtigten Vorwürfe.
Die Stunden in der Schule verbringe ich wie im Nebel. Irgendwie ist mir bewusst, dass es morgen Zeugnisse geben wird und danach die Ferien beginnen, aber das ist mir so egal wie sonst was. In meinem Gehirn schwirren so viele Gedankenfetzen herum, dass es mir unmöglich ist, mich auf eine einzige Sache zu konzentrieren. Ich denke an Sahal, ich denke an das Versteck auf dem Dachboden, ich denke an den mysteriösen Geldschein, ich denke an meinen Opa und nehme ihm übel, dass er mich verpfiffen hat; ich frage mich, was ich meiner Mutter erzählen soll, ohne Sahal zu verraten, und immer wieder, immer wieder denke ich an meinen Vater und dass er so ohne Abschied gegangen ist. Selbst Frau Spicker weiß Bescheid. Sie hat trotzdem mein Lieblingsessen gekocht, vielleicht will sie mich damit besänftigen, damit ich ihr erzähle, was ich in Kreuzberg getrieben habe. Denn während ich die Erbsen mit Möhren und Eierpfannkuchen in mich hineinschaufle, bedrängt sie mich mit Fragen und Ermahnungen.
„Juni, Kindchen, ich hoffe, du weißt, was dein Verhalten für deinen Vater bedeutet! Du hättest ihm doch sagen können, was los

ist. Er war gestern Abend noch kurz hier, und ich kann dir sagen, er macht sich große Sorgen um dich. Du bist doch sein Ein und Alles! Wieso bist du denn so oft in Kreuzberg gewesen und was hast du da gemacht? Warum erzählst du es nicht? So schlimm kann es doch gar nicht sein?" Und so weiter und so fort.
Ich schweige eisern, denn eines ist sicher: Ich werde keinem Menschen etwas über Sahal erzählen. Wenn ich ihm schon nicht mehr helfen kann, werde ich ihn wenigstens nicht verraten.
Irgendwann gibt Frau Spicker auf und ich darf gehen.
Ich schnappe mir mein Rad und fahre sofort los zur S-Bahn. Ich will die Sache mit Sahal so schnell wie möglich hinter mich bringen.

     Eine Stunde später gehe ich über den Chamissoplatz zur Fidicinstraße.
Das ist ein Umweg, aber der kürzere Weg – die Friesenstraße hoch – erscheint mir einfach zu gefährlich. Wenn mich irgendjemand aus Karls Familie sieht, fällt mir mit Sicherheit heute keine Ausrede ein, weshalb ich schon wieder in Kreuzberg bin.
Im Treppenhaus bete ich, dass mir niemand begegnet, und ich habe Glück: Unbemerkt erreiche ich den Dachboden. Vorsichtig öffne ich die Tür. Sahal ist in einen der vielen Comics vertieft und springt erschrocken auf, als er bemerkt, dass jemand hereinkommt.
„Ich bin's bloß", sage ich und ich habe sofort einen Kloß im Hals, weil Sahal sich so freut, mich zu sehen.
„Am Freitag sehen wir uns wieder", sagt er lächelnd.
Ich lächle gequält zurück.
„Sahal, wie geht's?"
„Danke, gut", sagt er freundlich. „Wie geht es dir?"

„Sahal, ich muss dir was sagen", fange ich an. Meine Stimme hört sich irgendwie piepsig an und am liebsten würde ich jetzt gar nichts sagen, stattdessen ein paar Comics mit ihm lesen, nach Hause gehen und einfach nicht mehr wiederkommen. Es fällt mir so unendlich schwer, ihn im Stich zu lassen.
Er sieht mich an und weiß sofort Bescheid.
„Du kommst nicht wieder", sagt er matt.
„Ja, es tut mir leid. Am besten gehst du in das Wohnheim, Sahal. Da sind doch Leute, mit denen du reden kannst und die dir helfen …"
„Okay", sagt Sahal und lässt den Kopf hängen.
Vorsichtig gehe ich in die Hocke und lege ihm die Hand auf die Schulter. Er zuckt zurück, hebt endlich den Kopf und sieht aus dem Dachfenster.
„Bitte kannst du helfen, jetzt?", fragt er nach einer langen, quälend schweigsamen Weile und blättert hektisch in den Comics herum. Schließlich hält er mir ein Lustiges Taschenbuch hin, auf dem Dagobert Duck einen kleinen schwarzen Koffer trägt.
„Ein Koffer?", frage ich.
„Bitte kannst du diese Koffer holen."
„Ich soll dir einen Koffer besorgen?"
Sahal schreibt mit einem imaginären Stift und sieht mich flehentlich an.
Aufs Geratewohl hole ich einen Stift und meinen kleinen Kalender mit der roten Katze vorne drauf aus dem Rucksack. Ich habe tatsächlich einen Kalender, in den ich meine Termine mit einem Stift eintrage, wie jemand aus dem letzten Jahrtausend. Sahal schlägt ihn auf und blättert darin herum. Donnerstag, der 23. Juli ist ganz leer, und auf dieser winzigen Fläche von vielleicht fünf mal fünf Zentimetern zeichnet Sahal das Grabmal

mit den beiden Steinfiguren. Er zeichnet ziemlich gut. Er kriegt die Biegung ihrer Köpfe hin, als würde er niemals etwas anderes tun, er skizziert die Treppe und die schwere Metalltür, klopft auf die Tür und deutet mit einer kreisenden Fingerbewegung die Wendeltreppe zur Gruft an.

„Hier ist Koffer. Bitte holen?"

„In der Gruft ist ein Koffer? Wo denn? Ich hab den nicht gesehen. Wo ist da der Koffer, Sahal?"

Sahal steht auf und zeigt über seinen Kopf.

„Hier oben ist ein Koffer. Bitte holen. Okay?"

O nein, bitte nicht, denke ich. Nicht in die gruselige Gruft! Ich will nach Hause. Ich will die Zeit bei meiner Mutter absitzen, und wenn mein Vater zurückkommt, will ich ihm alles erzählen und dann schauen wir zusammen, ob Sahal noch in der Dachkammer ist, und dann hilft uns mein Vater und ich könnte mir selbst in den Hintern beißen, weil ich das nicht gleich gemacht habe.

„Was ist in dem Koffer? Was ist da drin?" Ich zeige in meinen Rucksack.

„Da drin ist meine Papiere", sagt Sahal betont deutlich.

„Und Geld", mutmaße ich.

„Kein Geld ist Probleme. Viel Geld ist viele Probleme", sagt Sahal energisch und ich habe nicht die geringste Ahnung, was er damit meint. Wieder packt mich großes Unbehagen, weil mir sofort der 500-Euro-Schein einfällt, und der ist in meinem Kopf untrennbar mit Diebstahl und Verbrechen und Zweifel an Sahal verbunden, und daran will ich nicht denken.

Ich will es hinter mich bringen. Inzwischen bin ich eine Meisterin im Nicht-darüber-Nachdenken. Ich schleiche die Treppen

hinunter und lausche ständig, ob irgendwo eine Tür geöffnet wird. Aber das Treppenhaus bleibt menschenleer.
Auf der Straße fange ich an zu laufen. Ich überquere die Friesenstraße und gehe durch die Jüterboger Straße bis zum oberen Eingang des ersten Friedhofs. Er ist direkt gegenüber der Polizeistation und nur manchmal offen, aber ich habe wieder Glück und kann durch das schmale Tor hineinschlüpfen.
Jede Sekunde rechne ich mit dem Auftauchen des Gärtners. Okay, beruhige dich, Juni, denke ich. Vielleicht hat er ja heute seinen freien Tag. Oder er hat sich den Magen verdorben. Bestimmt ernährt er sich nicht richtig, isst fette Sachen und so, da kann das schon mal vorkommen, dass man einen Tag zu Hause bleiben muss. Vielleicht läuft ja auch gerade seine Lieblingssendung, irgendeine Gerichtsshow oder so, und er sitzt im Pausenraum und starrt mit offenem Mund seine Ebenbilder im Fernsehen an. Irgendetwas davon muss stimmen, denn plötzlich stehe ich vor dem auffälligen Grabmal, ohne jemandem begegnet zu sein. Bevor ich selbst lesen konnte, habe ich mir von meinem Vater die Inschrift auf den seitlichen Steinquadern vorlesen lassen.
  HIER LEBENSENDE – EWIGKEITSANFANG
  HERR, WIRST DU MICH FÜR WERT BEFINDEN
Und auf der anderen Seite:
  VIELES GEWOLLT, WENIGES GETHAN
  OFTMALS GEFEHLT AUF MEINER BAHN
Ich habe lange gebraucht, um zu verstehen, dass der letzte Satz nicht bedeutet, dass ich auf der Eisenbahn gefehlt habe, weil ich den Zug verpasst habe, sondern im Leben Fehler gemacht habe.

  Ich gehe die Steinstufen hinauf und wickle die unsinnige Kette ab. Die riesige Tür quietscht erbärmlich beim Öffnen.

Mist, verdammter, gleich kommt sicher der Gärtner! Panisch sehe ich mich um. Er kommt nicht. Noch nicht.
Nervös gehe ich die Wendeltreppe hinunter. Hier unten waren mal echte Tote. Gerippe mit schrecklichen Schädeln und so. Hier runter sollte kein Mensch gehen müssen ...
Langsam gewöhnen sich meine Augen an die Dunkelheit. Die Kleider, die ich für Sahal aus Opas Trödelladen geholt habe, liegen fein säuberlich zusammengelegt in einer Ecke, auch die Verpackungen der Lebensmittel, die ich für Sahal gekauft hatte, sind ordentlich gehäuft. Aus Versehen berühre ich die Wand, sie ist kalt und nass und eklig und ich will jetzt endlich hier raus. Ich sehe nach oben und erkenne einen Zwischenboden aus Holzbrettern etwas mehr als eine Armeslänge über mir. Da oben ist also der Koffer. Aber wie komme ich da hoch? Wenn ich mich auf die Zehenspitzen stelle, kann ich gerade mal die Unterseite der Bretter ertasten. An den Koffer komme ich so nicht ran. Ich klopfe von unten an die Bretter und da rieselt mir massenhaft irgendwelches Krümelzeugs auf den Kopf. Uaaah! Jetzt reicht's mir. Hier halte ich es keine drei Sekunden länger aus. Ich muss erst mal nach oben, um in Ruhe darüber nachzudenken, wie ich den Koffer da runterkriege.
Mit drei Sprüngen hüpfe ich die Treppe hinauf, wobei mir die ganze Zeit irgendwelche ekligen Brösel vom Kopf fallen. Mit beiden Händen durchkämme ich meine Haare, um das widerliche Zeug herauszukriegen. Im hellen Tageslicht sehe ich dann, dass auch meine ganzen Klamotten voller Schmodder sind. Angewidert wische ich das Zeug von mir herunter. Was dann passiert, ist so dumm, dass ich es kaum fassen kann. Weil ich so sehr mit dem widerlichen Staub beschäftigt bin, sehe ich den Friedhofsgärtner nicht, der sich an das Grabmal herangeschlichen hat. In der

nächsten Sekunde packt er mich so fest am Arm, dass ich nicht entkommen kann.

„Aha!", sagt er triumphierend. „Wen hamwer denn da. Wir kenn uns doch, Frollein. Habick nich jesacht, det is hier kein Spielplatz?"

Dem fällt auch nix Neues ein, denke ich, aber ich sage nichts und wehre mich nicht; sein Griff um meinen Arm ist so fest wie ein Schraubstock und tut höllisch weh.

„Wat habter denn man bloß immer hier zu suchen, ihr Jören? Weißte nich, det det verboten is, hier in die Gräber zu jehen? Jetze kommste erst mal mit und zeigst mir, watte da unten zu suchen jehabt hast."

Er zerrt mich die Treppe hinunter. Aber so richtig in die Gruft hinein will er wohl nicht gehen, denn anstatt sich genau umzusehen, wirft er nur einen kurzen Blick auf den Boden und macht dann gleich wieder einen Schritt rückwärts die Treppe hinauf.

„Pfui Deibel, da drin hält's ja kein normaler Mensch aus", brummelt er, während er mich hinter sich her die Treppe hinaufzerrt. Der war noch nie hier unten, denke ich erleichtert. Also hat er wenigstens den Koffer nicht gefunden!

„So, und jetze jibste mir mal schön deine Telefonnummer. Damit ick gleich bei deinen Eltern anrufen kann. Die solln sich mal um ihren Nachwuchs kümmern und dafür sorjen, det ihr kleenet Jör brav auffen Spielplatz jeht, anstatt in Gräbern rumzuturnen."

Kommt gar nicht infrage, denke ich. Wie komme ich hier nur weg? Der Schraubzwingengriff des Gärtners hält die Blutzirkulation in meinem Arm auf und ich befürchte, dass er bald abstirbt, wenn der Mann mich noch lange so festhält. Mit dem Mut der Verzweiflung trete ich ihm, so fest ich kann, ans Schienbein. Das hätte ich besser bleiben lassen sollen. Statt mich loszulassen, wie ich gehofft habe, verstärkt er noch den Druck um meinen Arm. „Du Mistjöre!", schreit er. „Jetze is aber jenuch! Det war 'n tätlicher Angriff. Det wirste mir büßen."

Wie ein wütender Stier marschiert er los und ich habe gar keine andere Wahl, als hinter ihm herzustolpern und zuzusehen, dass ich nicht auch noch hinfalle. Keine Ahnung, wohin er mit mir will. Er zerrt mich quer über den Friedhof, aber als wir den Ausgang Jüterboger Straße ansteuern und er schnurstracks auf die Polizeistation zustrebt, schwant mir Übles.

„Ich wollte mich doch bloß ein bisschen umsehen. Das ist ja schließlich nicht verboten. Sie haben kein Recht, mich festzuhalten!", jammere ich.

Er schnaubt nur. Immer näher kommen wir dem Revier in der Friesenstraße. Meine Befürchtung wird zu Gewissheit: Er wird mich zur Polizei bringen.

O nein, denke ich. Ogottogottogott. Jetzt werde ich richtig panisch und ich stemme mich gegen den Zug des Gärtners an meinem Arm. Der bleibt nur kurz stehen, sieht mich voller Hass an und zieht mich mit einem Ruck an sich, der mir fast den Arm auskugelt. Von da an bin ich willenlos. Brav folge ich ihm über den Hof der Polizeistation bis zur Eingangshalle und lasse mich die Treppe hinauf bis zu einem Polizisten hinter einer dicken Glasscheibe zerren, der uns verwundert anschaut. Er drückt auf ein Knöpfchen an seinem Mikrofon hinter der Scheibe.

„Was kann ich für Sie tun?"

„Körperverletzung! Hausfriedensbruch! Fluchtversuch!", brüllt der Friedhofsgärtner, und der Polizist macht vor Schreck einen Satz nach hinten. Ich versuche ein Lächeln, um ihn zu besänftigen, aber er will uns nur noch so schnell wie möglich loswerden.

„Zimmer eins null acht, zweimal links", sagt er schnell und zeigt mit der Hand die Richtung an.

Ich fühle mich wie ein Hund an der Leine. Wir gehen über einen langen menschenleeren Flur, dessen Wände so hoch sind wie in einer Kirche. Das Gebäude war früher eine Kaserne, aber mir kommt es so vor, als würde ich direkt ins Gefängnis geführt. Mein Arm fühlt sich an, als würde er jeden Augenblick auskugeln und abfallen. Und mein ganzes Ich fühlt sich an, als wäre es schon ausgekugelt und abgefallen.

Zimmer eins null acht. Der Gärtner reißt die Tür auf und vier Köpfe an vier Computern schnellen hoch. Eine Polizistin in Uniform erhebt sich und kommt auf uns zu. Ich brauche sie nur anzusehen und weiß, dass ich verloren habe. Sie lächelt nicht und ich bin sicher, dass die Muskeln, die bei ihr ein Lächeln bewirken könnten, vermutlich schon lange komplett verkümmert sind. Sie ist noch jung, aber mit ihrer schwarz eingefassten, eckigen Brille und den straff zurückgekämmten Haaren sieht sie aus wie die Klassenbeste, die Streberin, die Spielverderberin, wie diejenige, die petzt und dafür sorgt, dass auch in der letzten Stunde eine Vertretung organisiert wird, wenn der Lehrer fehlt.

„Was kann ich für Sie tun?", fragt sie, aber sie fragt nicht mich.

‚Sie könnten mal ein bisschen menschlich sein und diesen brutalen Kerl zurück auf seinen Friedhof schicken, damit ich nach Hause gehen kann, denn gleich wird hier ein abgestorbener Arm auf dem Boden liegen', hätte ich gesagt. Hätte sie mich gefragt.

„Ick will 'ne Anzeige aufjeben", antwortet stattdessen der Gärtner.

„Anzeigen können Sie bei der Zeitung aufgeben. Hier wird Anzeige erstattet", sagt sie streng.

„Na, denn eben erstattet", brummelt der Gärtner.

„Bitte kommen Sie mit."
Wir folgen ihr in ein kleines Nebenzimmer, in das genau drei Stühle, ein Schreibtisch und drei Menschen hineinpassen. Ich werde auf einen der Stühle niedergedrückt. Endlich lockert der Gärtner seinen Griff. Aber nur für einen kurzen Moment, denn als ich versuche, ihm den Arm wegzuziehen, packt er noch fester zu als zuvor.
„Sie tun mir weh!"
„Jeschieht dir recht!"
„Name, Geburtsdatum und Adresse bitte. Zuerst Sie." Sie weist auf den Gärtner.
„Horst Konopke, geboren dreizehnter August neunzehnhundertfünfundfünfzich, wohnhaft Arndstraße siebenunddreißig, Berlin", rattert der Gärtner herunter.
Die Polizistin gibt alles in den Rechner ein und haut dabei so fest in die Tastatur, als hätte sie eine dieser altmodischen Schreibmaschinen vor sich.
Jetzt bin ich an der Reihe und beide sehen mich auffordernd an.
„Ich sage gar nichts."
„Die Beteiligte verweigert die Angaben zu ihrer Person", knallt die Frau in die Tasten.
„Bitte schildern Sie den Vorfall, der zu Ihrem Entschluss geführt hat, Anzeige zu erstatten, so genau wie möglich", weist die Frau, die sich für die beste aller Polizistinnen hält, den Gärtner an.
Der wirft sich in die Brust und atmet einmal tief ein.
„Also, dieset Jör hier", er weist auf mich und lässt dabei endlich meinen Arm los, „hat sich der Körperverletzung mit Hausfriedensbruch und, und, ähm, Beleidigung schuldig jemacht."
„Was? Wo habe ich Sie denn beleidigt?", frage ich ungläubig.

„Ich halte fest: Die Beschuldigte leugnet die Beleidigung", sagt die Polizistin zu ihrem Computer.
„Die is ständig auffem Friedhof unterwegs, obwohl ich se schon paarmal rausjeworfen hab, und jerade eben warse innem Grab drinne und det ist strengstens verboten", plappert der Gärtner.
„Wie, bitte schön, kann sie denn in ein Grab hineinkommen?", wundert sich die Streberin.
„Na, det war son großet Teil, son unterirdischet, mit Treppe runter. Ick jeh in so wat nie rin, det is mir zu gruselich."
„Also, halten wir fest: Die Beschuldigte hielt sich unerlaubterweise in einer Grabstätte auf."
„Jenau, und wie ick se erwischt habe, tritt se mich doch ans Bein!"
„… versetzte die Beschuldigte dem Herrn Konopke einen Tritt ans … ans rechte oder linke Bein?"
„Ähm, ick gloobe, det war det linke, nee, det rechte Bein, jenau, et war det rechte", stammelt der Gärtner und reibt sich das linke Bein, als hätte er fürchterliche Schmerzen.
„Sehen Sie, er weiß nicht einmal, gegen welches Bein ich getreten habe, also kann es so schlimm nicht gewesen sein!"
Die Polizistin schaut mich über ihre Brille hinweg an, als wäre ich eine eklige Kröte.
„Zu Ihnen kommen wir noch."
Ich kann es absolut nicht leiden, wenn ich gesiezt werde. Ich bin noch nicht einmal fünfzehn und möchte gefälligst geduzt werden. Bin doch keine alte Frau oder was! Gerne würde ich der Petze einen bitterbösen Blick zuwerfen, aber sie tippt schon wieder wie wild.

Ich rutsche unbehaglich auf meinem Stuhl herum und reibe vorsichtig meinen Arm. Nur nicht die Aufmerksamkeit des Gärtners darauf lenken, sonst packt er mich womöglich gleich wieder.

„Wenn Sie nicht bereit sind, Angaben zu Ihrer Person zu machen, müssen wir Sie so lange hierbehalten, bis Sie es sich anders überlegt haben", sagt die Spielverderberin mitten in meine Gedanken hinein.

Ich schrecke auf. Was soll ich jetzt machen?

„Ich rate Ihnen, sich jetzt gleich zu äußern. Das erspart uns und Ihnen ein aufwändiges Personenfeststellungsverfahren. Auf Deutsch: eine Menge Ärger."

Vielleicht hat sie ja recht. Irgendwann kriegen sie raus, wer ich bin, da ist es egal, ob es jetzt gleich oder in ein paar Stunden oder morgen ist. Ich seufze.

„Junika Berkel, geboren 20. Januar 2001, Einsteinstraße 7, Potsdam", leiere ich.

„Wie können wir Ihre Eltern erreichen?"

„Mein Vater ist in Ecuador. Beruflich."

Hoffentlich fragt sie nicht nach meiner Mutter.

„Und Ihre Mutter?"

Tja, da ist sie: die Frage, vor der ich mich gefürchtet habe und die mein weiteres Schicksal bestimmen wird. Ab jetzt gibt es kein Erbarmen mehr. Sie werden die Adresse meiner Mutter genauso leicht herausfinden wie meine, wenn ich sie nicht freiwillig nenne. Und dann werden sie sie anrufen. Und dann wird sie kommen und mich holen. Und dann ... ich wage gar nicht, daran zu denken, was dann sein wird. Aber ich gebe der Streberin, der Petze, der öden Klassenbesten die Adresse und die Telefonnummer meiner Mutter. Habe ich eine Wahl? Ich habe keine.

Die Polizistin tippt, nein, knallt alles in den Computer, druckt es aus und lässt es mich und den Gärtner lesen und unterschreiben.
„Wir haben den Vorgang für Sie nun abgeschlossen, Herr Konopke. Wir werden die Eltern beziehungsweise die Mutter von Fräulein Berkel benachrichtigen, mehr können wir im Moment nicht für Sie tun. Sie können jetzt gehen, Herr Konopke."
„Wat denn, det war's schon?", empört sich der Gärtner. „Da muss doch noch wat passieren, wird die nicht irjendwie belehrt oder jetze bestraft, oder wat?"
„Wie gesagt, Herr Konopke, alles Weitere müssen wir der Entscheidung anderer Entscheidungsträger überlassen. Sie können gehen", antwortet die Polizistin kühl. Ich glaube, sie will ihn loswerden. Er erhebt sich brummelnd von seinem Stuhl und wirft einen letzten wütenden Blick auf mich, bevor er endlich schnaufend das Weite sucht. Auch die Polizistin geht hinaus, vermutlich um zu telefonieren.
Und ich? Ich sitze da und fühle mich wie durch den Fleischwolf gedreht. Und ich muss auf Klo. Ganz dringend. Die Polizistin kommt herein und bleibt an der Tür stehen.
„Wir haben Ihre Mutter benachrichtigt. In etwa einer halben Stunde wird sie hier sein und Sie abholen."
„Ich muss mal auf die Toilette. Bitte."
Sie winkt mich hinaus. Ein sehr junger Polizist soll mich begleiten. Vielleicht haben sie Angst, dass ich abhauen will. Aber ich will gar nicht abhauen.
Der Polizist bleibt vor der Toilette stehen, während ich erledige, was zu erledigen ist, und anschließend am Waschbecken Wasser aus meiner hohlen Hand trinke. Ich sehe mich im Spiegel an. Eigentlich sehe ich nicht aus wie eine Verbrecherin. Meine dunkelbraunen Haare kringeln sich um die Ohren, und die Sommer-

sprossen auf der Nase breiten sich wie jeden Sommer allmählich übers ganze Gesicht aus. Ich schneide mir selbst eine Grimasse. Und wende mich dem Ausgang zu. Da sehe ich, dass das Klofenster sperrangelweit offen steht. Vielleicht hat es der Wind aufgedrückt, denn vorhin ist es mir nicht aufgefallen. Ich werfe einen Blick nach draußen. Es ist gar nicht so tief, wie ich dachte. Mit einem kleinen Sprung bin ich auf der Fensterbank.
Es gibt nur zwei Möglichkeiten und ich habe mich schon entschieden. Entweder holt mich jetzt meine Mutter ab und ich werde Sahal verraten. Ich kann nämlich gerade nicht mehr lügen. Dazu fühle ich mich zu aufgeweicht und ausgeleert. Oder aber ich haue ab.
Ich springe.
Ich bin mit beiden Beinen sicher auf dem Boden angekommen und diese wunderbaren Beine tragen mich jetzt über den Hof der Polizeistation, hinaus in die Friesenstraße, durch die Fidicinstraße und hinein in Karls Haus. Ich renne auf Zehenspitzen die Treppen hoch, hoffentlich sieht mich keiner, und stürze direkt in die kleine Dachstube. Außer Atem lehne ich mich gegen die Wand.
„Wo ist Koffer?", fragt Sahal vorsichtig.
„Der dicke Gärtner hat mich erwischt."
Ich deute einen Bauch an und Sahal sackt in sich zusammen.
„Jetzt ist Papiere weg."
„Nein, nein, der Koffer ist noch da unten. Er ist nicht weg. Aber ich konnte ihn nicht holen. Es tut mir leid."
Sahal sagt nichts mehr. Er sitzt auf der Matratze und starrt vor sich hin. Und ich schäme mich. Schäme mich, weil ich wegen ein paar Spinnweben und Krümelzeugs zu feige war, den Koffer zu holen, der so wichtig für Sahal zu sein scheint.

„Sahal, alles wird gut. Wir müssen nur warten, bis mein Vater zurückkommt", sage ich und spreche mir selbst damit Mut zu. „Nur vier Wochen. Er wird wissen, was zu tun ist. Er wird uns helfen, er wird dir helfen. Und ab übermorgen können wir in Karls Wohnung gehen. Wir stehen das durch. Ich helfe dir und du hilfst mir, Sahal. Es wird gut gehen. Ich weiß es. Ich gehe jetzt nicht nach Hause, ich bleibe bei dir."

„Du gehe nach Hause, Juni", sagt Sahal.

„Nein, Sahal, ich bleibe bei dir", sage ich und setze mich neben ihn. „Wir warten. Mein Vater kommt in vier Wochen zurück, er ist verreist."

Ich deute mit der Hand ein Flugzeug an. Sahal versteht nicht.

„Mein Vater ist weg. Wir warten, bis er wiederkommt. Er wird uns helfen", wiederhole ich. „Keine Angst, Sahal, mein Vater wird helfen."

„Mein Vater wird helfen", sagt Sahal.

„*Dein* Vater, also meiner."

„Wann dein Vater kommt?"

„In vier Wochen. Er hilft uns. Er hilft dir. Er ist ein guter Mann."

„Ein guter Mann", wiederholt Sahal, er hebt den Kopf und sieht mich an. In seinen Augen sehe ich Angst und Zweifel, aber auch Hoffnung und ein kleines Lächeln.

Dieses Lächeln brauche ich. Ich will nicht darüber nachdenken, was ich da gerade auf der Polizeistation gemacht habe. Und ich will nicht mehr über Sahals Koffer nachdenken. Ich will daran glauben, dass alles gut wird.

Sieben

Mitten in der Nacht wache ich auf, weil ich durstig bin. So richtig gut geschlafen habe ich nicht, ich bin es nicht gewohnt, dass noch jemand im selben Raum schläft wie ich. Sahal schnarcht ein wenig, aber er liegt unbewegt wie ein Stein. Der Himmel über dem kleinen Dachfenster ist klar und ein paar Sterne beleuchten die Kammer ganz schwach. Mein Mund ist staubtrocken, die Zunge klebt mir am Gaumen. Als Abendbrot gab es eine Packung mit Salzstangen und eine Tüte gesalzene Erdnüsse. Und nichts zu trinken. Ich habe das Gefühl, in kleine trockene Brösel zu zerfallen, wenn ich nicht augenblicklich ein wenig Flüssigkeit bekomme.

Vorsichtig stehe ich auf. Den Schlüssel zu Karls Wohnung krampfhaft in der Hand haltend, schleiche ich mich aus der Dachkammer und die Treppen hinunter. Vor Karls Wohnungstür lausche ich eine Zeit lang, aber nichts ist zu hören. So leise, wie es nur geht, stecke ich den Schlüssel ins Schloss und öffne die Tür. In der Wohnung ist es stockfinster. Wieder warte ich eine ganze Weile und horche, ob sich jemand rührt. Alles bleibt still. Zum Glück weiß ich, dass die Küche gleich links neben dem Eingang ist. Aber ich habe keine Ahnung, wo sich der Wasserhahn befindet. Ich taste im Dunklen herum und stoße dabei gegen einen Stuhl. Nicht nur, dass es höllisch wehtut, es macht auch einen Höllenlärm, als der Stuhl umfällt. Ich halte die Luft an und friere meine Bewegung ein.

Irgendwo wird eine Tür geöffnet. Im Flur geht das Licht an. Ich höre ein seltsam dumpfes, rauschendes Geräusch und erschrecke noch mehr, bis ich merke, dass es mein eigenes Blut ist, das von meinem panischen Herzen durch die Adern gejagt wird.

Jemand tappt barfuß in Richtung Küche. Dann wird das Licht angeknipst.

Es ist Karl. Er bleibt in der Tür stehen, sieht mich an, sieht den umgefallenen Stuhl an.

„Hä, was machst du denn hier?"

Bevor ich antworten kann, wird eine weitere Tür geöffnet und ich höre Karls Mutter.

„Was ist das für ein Krach?"

Karl macht einen Schritt rückwärts. Er steht jetzt außerhalb der Küche. Seine Mutter sieht ihn, ich sehe ihn, aber nur er kann mich sehen. Mit einer dramatischen, verzweifelten, übertriebenen Geste lege ich den Finger auf den Mund und bitte ihn stumm, mich nicht zu verraten.

Er versteht sofort.

„Nichts", sagt er zu seiner Mutter. „Ich war bloß durstig. Und bin aus Versehen gegen den Stuhl gerempelt. Alles okay."

„Na denn! Sieh mal zu, dass du wieder ins Bett kommst. Ist ja mitten in der Nacht."

„Mach ich, Mama, gute Nacht!"

„Okay, schlaf gut."

Die Tür wird wieder geschlossen. Karl kommt in die Küche und stellt den Stuhl wieder auf.

„Äh, Karl ... das ist jetzt 'ne ziemlich lange Geschichte", flüstere ich.

„Erzähl sie trotzdem", flüstert er zurück und schließt die Küchentür.

Wir setzen uns an den Tisch.

Ich erzähle. Und Karl hört zu. Er kann gut zuhören.

„Mann, Juni, da biste aber in etwas reingeraten!", sagt er nach einem etwa zehnminütigen Monolog meinerseits. „Und du weißt nicht, was Sahal ausgefressen hat? Du weißt nicht, was mit diesem Koffer ist?"

„Ich glaube nicht, dass er überhaupt etwas ausgefressen hat."

„Da musst du ihm aber ganz schön vertrauen."

„Irgendwie schon, ja. Ich weiß auch nicht, wieso."

„Bist du verknallt?"

„Was? Quatsch, du spinnst. Sahal sagt, wir sind Bruder und Schwester."

Karl grinst nur. Ich sehe ihn an. Er hat seine Häkelmütze nicht auf, seine dichten Haare stehen nach allen Seiten ab. Obwohl es mitten in der Nacht ist, funkeln seine grünen Augen und ... O Mann, er sieht so süß aus!

„Echt, Karl, für so was habe ich gerade wirklich keinen Nerv", sage ich und sehe schnell weg. „Ich will ihm helfen, das ist alles. Er hat sonst niemanden."

„Aus welchem Land kommt er?"

„Keine Ahnung."

„Du weißt nicht mal, woher er kommt?"

„Äh, nein."

„Hör mal, Juni, was du da machst, ist ziemlich verrückt. Denkst du nicht, es wäre besser, es deiner Mutter …"
„Nein", sage ich entschieden.
„Warum nicht?"
„Es ist kompliziert …"
„So kompliziert kann es gar nicht sein, dass du sie nicht um Hilfe bitten kannst."
„Doch, ist es. Ich kann sie nicht um Hilfe bitten. Ich muss erst herausfinden, wie man Sahal helfen kann. Ich weiß nicht, wie sie auf ihn reagiert. Er ist schwarz."
„Ist sie 'ne Rassistin?"
„Ach, nein, sie ist nur … sie ist nur so komisch in manchen Dingen, keine Ahnung. Womöglich sorgt sie dafür, dass er zurückgeschickt wird nach Afrika oder in ein Erziehungsheim kommt oder so. Ich möchte einfach abwarten, bis mein Vater zurückkommt. Der weiß bestimmt, was zu tun ist."
„Warum gehst du nicht mit Sahal nach Caputh?"
„Dort wird mich meine Mutter als Erstes suchen."
„Und dein Opa? Ihr könntet doch zu deinem Opa gehen. Ich bin oft bei ihm im Trödelladen. Er wird bestimmt nichts erzählen. Er redet doch sowieso kaum was."
Einen Moment erwäge ich diese Idee. Es ist keine schlechte Idee. Dann verwerfe ich sie.
„Ich weiß auch nicht, wie Opa auf Sahal reagieren wird. Es könnte sein, dass er ihn an die Polizei übergibt. Und irgendwie will ich das nicht."
„Warum nicht? Vielleicht hat er ja wirklich etwas angestellt."
„Nein, hat er nicht, das weiß ich einfach. Frag nicht", sage ich, als ich Karls Blick sehe. Er sieht mich erst ganz komisch an und gähnt dann ausgiebig. Die Küchenuhr zeigt Viertel vor drei.

Wenn ich es recht bedenke, ist Karl jetzt der Erste und Einzige, der die ganze Geschichte mit Sahal und dem Koffer kennt. Es hat mir richtig gutgetan, ihm alles zu erzählen. Plötzlich bin ich auch müde, so müde, wie ich in meinem ganzen Leben noch nicht war.

„Wolltest du nicht etwas trinken?", fragt Karl.

Er steht auf und holt aus der kleinen Vorratskammer einen Kanister, in den er Wasser aus dem Hahn füllt. Dann nimmt er zwei Gläser aus dem Spülbecken und drückt mir alles in die Hände.

„Hier, nimm das mit. Damit ihr nicht verdursten müsst da oben."

Ich sehe ihn dankbar an und schenke ihm das schönste Lächeln, das ein Mensch nachts um drei hinkriegt.

Kaum bin ich wieder eingeschlafen, überfällt mich ein Traum.

Ich schwimme mit Karl in seinem Aquarium herum. Wir schlängeln uns zwischen den Fischen und dem großen Plastikpiratenschiff hindurch. Die Fische sehen alle ein wenig wie Menschen aus, sie haben menschliche Gesichter und einer davon ähnelt sehr meiner Mutter. Karl paddelt ausgelassen zwischen all den Schlingpflanzen und Steinen herum und auch ich fühle mich irgendwie ziemlich klasse in diesem Aquarium.

Plötzlich spüre ich ein Ziehen im Nacken. Entsetzt merke ich, wie ich rückwärtsgezogen werde. Immer schneller und schneller sause ich nach hinten. Es fühlt sich an, als würde ich durch eine Art Röhre im Weltall katapultiert, wie eines dieser Wurmlöcher in einem Science-Fiction-Film. Ein Gefühl von Unendlichkeit umgibt mich und ich habe unendlich große Angst, für alle Zeiten rückwärts durch diese Röhre geschossen zu werden.

„Juni!"
Von irgendwoher höre ich eine Stimme, die mir bekannt vorkommt.
Die Stimme holt mich für einen Moment in die Dachstube. Aber das Ziehen im Nacken holt mich wieder in die Röhre zurück. Für eine schrecklich lange Zeit hüpfe ich wie ein Pingpongball von der Dachstube in die Röhre und wieder zurück. Es ist ein Gefühl, als würde ich immer wieder in der Mitte durchgerissen.
„Juni?"
Das ist Sahal! Es ist nur ein Traum, denke ich, nur ein Traum, Juni! Mit aller Kraft versuche ich, in der Dachstube zu bleiben. Ich strecke meine Hand aus und Sahal greift sie zögernd, aber schließlich richtig zupackend. Das ist meine Rettung. Sobald meine Hand die seine spürt, gelingt es mir, das Hin und Her zwischen Traum und Wachsein zu beenden. Völlig erschöpft liege ich auf der Matratze und halte Sahals Hand.
„Du und ich: Wir sind Bruder und Schwester", sagt er bestimmt.
„Ja, Sahal, Bruder und Schwester", krächze ich. Meine Stimmbänder sind völlig ausgetrocknet. Ich habe zu wenig getrunken. Ich räuspere mich. „Ich hatte einen komischen Traum. Und dann konnte ich nicht aufwachen. Ein Albtraum, Sahal."
„Ein Albtraum", wiederholt er. „Angst?"
„Ja, Angst", bestätige ich.
Ich bin so müde, als hätte ich die ganze Nacht in dieser Röhre verbracht.
„Ich habe Angst, immer", sagt Sahal.
„Ja, das glaube ich. Woher kommst du, Sahal? Aus welchem Land in Afrika kommst du?"
„Afrika", sagt er. „So-ma-lia." Er spricht betont langsam.

„Somalia, ja, jetzt erinnere ich mich. Die Tina hat ein halbes Buch über Somalia geschrieben. Hätte ich es bloß gelesen!" Ich weiß nichts über Somalia. Nicht ein bisschen."

„Du weiß nichts über Somalia", sagt Sahal. „Ich weiß nichts über Deutschland. Jetzt bin ich hier. Jetzt ich weiß. Ein bisschen und sehr viel."

„Du hast nichts über Deutschland gewusst?"

„Ich habe ein bisschen über Deutschland gewusst. Deutschland hat Geld. Somalia hat nicht Geld."

„Ja, genau, Deutschland ist reich und Somalia arm", sage ich.

„Ja. Reich und arm. Und Deutschland ist kalt, Somalia warm."

„Gott sei Dank ist endlich Sommer", sage ich.

„Ja, genau, Gott sei Dank ist Sommer", wiederholt Sahal.

„Wo sind deine Eltern?", frage ich.

„Eltern?"

„Papa und Mama. Vater und Mutter. Wo sind sie?"

„Vater ist tot, Bruder ist tot."

„Und deine Mutter?"

„Mutter ist in Kenia. In großes Lager. Schwester ist in Kenia. Baby-Bruder ist in Kenia."

„Du hast noch einen kleinen Bruder und eine Schwester."

„Ja. In Lager in Kenia. Dadaab-Lager. Ist sehr, sehr groß. Sehr viele Fluchtling, von Sudan und Somalia, so sehr viele wie ein Stadt."

„Du warst in einem Flüchtlingslager in Kenia, und seit wann bist du jetzt hier?"

„Ich bin hier zehn Monate."

„Und du bist ganz alleine nach Deutschland gekommen?"

Er nickt. „Ganz alleine."

Sahal nimmt seine Hand weg. Ich werfe einen Blick aus dem Dachfenster. Es dämmert, ein hellgrauer Himmel hängt über dem Haus. Die Sonne ist noch nicht aufgegangen und ich habe das Gefühl, als würde sie nie mehr aufgehen, als müssten wir auf ewig in diesem Stadium zwischen Tag und Nacht leben.

Sahal zeigt auf den Wasserkanister.

„Ja, ich war unten bei Karl", sage ich und versuche, den plötzlichen Schwindel aus meinem Kopf zu vertreiben, „weil ich fast verdurstet bin. Er hat uns einen Wasserkanister geschenkt. Ist doch praktisch, was?"

Natürlich hat Sahal nichts verstanden.

„Ich nehme Wasser, Wasser ist gut."

Er trinkt einen Schluck, gießt sich ein wenig Wasser über die Hände, reibt sie gründlich und fährt sich durchs Gesicht.

„Wo hast du Wasser holen?"

„Sahal, da unten wohnt ein Freund." Ich zeige nach unten. „Mein Freund Karl." Ich lege beide Hände auf mein Herz. „Mein Freund Karl wohnt da unten. Weißt du, was ein Freund ist?"

„Freund, ja. Ich kenne Freund."

„Hast du hier auch Freunde, Sahal? Hast du in Deutschland Freunde?"

„Ich habe ein Freund. Er ist schlechte Freund jetzt", sagt Sahal. „Viele Probleme."

Ich will jetzt nichts mehr über Probleme hören.

„Sahal", sage ich matt, „ich glaube, ich schlafe gleich wieder ein. Aber du musst meine Hand halten. Bitte bleib bei mir, ja? Geh nicht weg. Pass auf mich auf. Ich bin so müde."

Vielleicht antwortet er, vielleicht auch nicht. Ich höre es nicht mehr, denn ich falle in einen tiefen, traumlosen, schwerelosen Schlaf. Und Sahals Hand gibt mir Halt.

Ein unglaublich köstlicher Duft erreicht die Sinneszellen meiner Nase, dringt in mein Geruchszentrum und weckt die schlafenden Synapsen meines Gehirnes. Das Duftgemisch aus Kreuzkümmel, Petersilie, Curry und Frittieröl holt mich aus einem Schlaf, der mehr einer Ohnmacht gleicht. Ich schlage die Augen auf und sehe ein vorzügliches, göttliches, verführerisches Falafel direkt vor meiner Nase. Ich bin kurz davor, danach zu schnappen, als es wieder weggezogen wird. Mein Blick folgt der Hand, die das Falafel hält, den Arm hinauf, und trifft auf das freche Grinsen von Karl, der so herzhaft-genüsslich in das Falafel beißt, dass ihm die Joghurtsoße zu beiden Wangen hinabläuft.
„Du Schuft!", jaule ich und versuche, es ihm zu entreißen, was mir natürlich nicht gelingt. Bis ich mich aufgerappelt habe, hat Karl das Objekt der Begierde bereits hinter seinem Rücken versteckt. Aber da er ja ansonsten ein netter Kerl ist, holt er ein in Alufolie gewickeltes Päckchen hinter seinem Rücken hervor und überreicht es mir in der übertrieben unterwürfigen Art eines Kellners.
„Bitte sehr, die Dame!"
„Danke sehr. Wo ist Sahal?"
Vorsichtig bewege ich meinen Kopf hin und her. Kein Schwindel, kein Kopfschmerz trübt mein Wohlbefinden. Der Schlaf hat mir gutgetan und das Falafel wird meinen hungrigen Magen beruhigen.
„Unten, er wollte sich unbedingt waschen. Ich hab ihm die Dusche gezeigt. Meine Eltern sind erst am Abend zurück. Wenn er nicht gleich kommt, muss ich mal nachgucken, er ist jetzt schon mindestens eine Dreiviertelstunde unter Wasser, sozusagen."
„Wie spät ist es denn?"
„Ungefähr eins", sagt Karl.

„Boff, so lange hab ich geschlafen?"
„Irgendwie sah es eher nach Bewusstlosigkeit aus als nach Schlaf. Wir haben uns schon Sorgen gemacht. Was war denn los? Bist du krank?", will Karl wissen.
„Ist alles ein bisschen viel in letzter Zeit. Bin völlig k. o., irgendwie", sage ich und stopfe eine große Portion Falafel in den Mund.
„Sahal hat fast einen Herzschlag gekriegt, als ich hier plötzlich aufgetaucht bin", sagt Karl. „Aber ich konnte ihn beruhigen. Wir haben uns, so gut es ging, unterhalten, während du gepennt hast. Im Gegensatz zu dir weiß ich, dass er aus Somalia kommt und in einem Flüchtlingslager in Kenia gelebt hat."
„Das weiß ich inzwischen auch. Aber ich weiß gar nichts über Somalia ... Vielleicht ist dort Krieg oder so. Auf alle Fälle irgendwas Schlimmes", mutmaße ich.
„Ich habe herauszufinden versucht, warum er jetzt quasi auf der Straße lebt. Wenn ich es richtig verstanden habe, hat er hauptsächlich Angst, wieder abgeschoben zu werden."
„Kann das denn passieren?"
„In letzter Zeit sind jedenfalls viele Freunde von ihm abgeschoben worden."
„Aber ich dachte, wenn man noch keine achtzehn ist, darf man nicht abgeschoben werden."
„Er sieht älter aus."
„Findest du? Vielleicht weil er schon so viel mitgemacht hat. Ich vermute, dass er höchstens sechzehn ist."
Wir hören Schritte. Sahal kommt zurück, umgeben von einer schweren, süßen Duftwolke (die auch nicht viel besser ist, als es seine Stinkefüße waren). So wie er riecht, muss er sämtliche Duschgels von Karls Mutter ausprobiert haben, aber er glänzt vor Sauberkeit und sieht sehr zufrieden aus.

„Freund Karl hat schön Duschen", sagt er und klopft Freund Karl anerkennend auf die Schulter. „Dieses Duschen ist nicht in Lager Dadaab und auch nicht in Somalia. Somalia ist arm."
„Und Deutschland ist reich", sagt Karl.
„Somalia ist arm und warm", sagt Sahal. „Deutschland ist kalt und reich."
„Genau, Sahal! Wie hast du Deutsch gelernt?", will Karl wissen und reicht Sahal eine in Alufolie gepackte Falafelportion.
„Deutschkurs und Freunde von Lager und App auf Handy", sagt er, während er die Falafel auspackt. „Deutschkurs dann ist voll. Will lernen, aber Deutschkurs ist voll. Mein Handy ist verloren, ich sehe viel TV, in Wohnheim. Aber ich will in Schule gehen. Schule ist gut."
„Du findest Schule gut?", frage ich skeptisch.
Sahal nickt heftig.
„Ich glaube, da bist du hier der Einzige, der das denkt, stimmt's, Karl?"
„Ich finde Schule auch gut", sagt Karl mit Unschuldsmiene.
„Genau!", ruft Sahal. Karl knufft ihn freundschaftlich in die Seite, Sahal knufft zurück und ich sehe, wie gut Sahal diese kleine Rangelei tut.
„Mir scheint, du hast die Zeugnisvergabe verpasst, Juni", sagt da Karl.
Das Zeugnis, tatsächlich, ich hab es verpasst! Ich hab die Schule geschwänzt und Frau Spicker wartet jetzt gerade mit dem Essen auf mich. Sie macht sich bestimmt wahnsinnig Sorgen. Alle meine Sünden fallen mir mit einem Schlag wieder ein. Alle Menschen, die sich sorgen, jeder, den ich angelogen habe. Meine Mutter wird mich suchen, die Polizei ist hinter mir her. Mir ist, als würde ich wieder rückwärts in diese Röhre gezogen.

„Egal", sage ich schnell. „Ist halt jetzt so."
Ich schaue Karl flehentlich an. Er versteht. Ich möchte darüber nicht weiter sprechen. Ich möchte darüber nicht weiter nachdenken.
„Mein Zeugnis war ganz okay. Ich muss jetzt gehen", nuschelt Karl. Er kaut am letzten Bissen seines Falafels. „Muss noch für morgen mein Fahrrad richten. Ihr könnt ja in die Wohnung, solange wir weg sind. In zwei Wochen kommen wir zurück. Pass aber gut auf die Fische auf!"
„Super! Und viel Spaß bei der Radtour!", sage ich eine Spur zu munter.
Dass ich sowieso vorhatte, in die Wohnung zu gehen, verschweige ich lieber.
„Viel Spaß, Freund Karl", sagt Sahal.
„Und, ist er okay?", frage ich Sahal, als Karl weg ist.
„Freund Karl ist okay", sagt Sahal. „Freund Juni ist okay."
„Freundin Juni. Und Freund Sahal", sage ich.
„Bruder und Schwester", sagt Sahal.

Seit zwei Tagen sind wir jetzt in Karls Wohnung und es geht mir nicht gut.
Am ersten Tag war ich noch völlig durcheinander. Die Wohnung war mir so fremd mit dem ganzen fremden Kram, der da drinsteht und den Sahal immer wieder staunend betastet, und Sahal war mir so fremd, und die Tatsache, dass ich einfach abgehauen bin, war mir auch so fremd. Nachts habe ich kaum geschlafen. Den Tag über war ich dann mürrisch und wortkarg. Ich habe mich so nach meinem Vater und nach Filou gesehnt und nach unserem schönen Häuschen in Caputh und Frau Spickers gutem Mittagessen, und ich konnte nichts anderes tun, als auf

dem Sofa zu liegen und mich durch das Fernsehprogramm zu zappen. Sahal scheint sich nicht daran zu stören. Er sitzt stundenlang am Aquarium und sieht den Fischen zu. Er hat sämtliche technischen Geräte ausprobiert, Schränke und Kommoden geöffnet und vor all den Dingen, die er darin fand, befremdet dagestanden. Seinem Fuß geht es allmählich besser, er humpelt kaum noch. Karl hat uns Gemüse, Fleisch, Milch, Mehl und Reis besorgt, bevor er gefahren ist, und Sahal kocht jetzt ständig irgendetwas. Aus Tomaten, Zwiebeln, Weißkohl und Fleisch hat er einen Eintopf zubereitet, wie ich ihn noch nie gegessen habe.
„Wo hast du so gut kochen gelernt?", frage ich, während ich die Teller in die Spülmaschine räume – mein bescheidener Beitrag zu einer hervorragenden Mahlzeit.
„Ich koche gut?"
„Du hast gut gekocht, Sahal. Super."
„Ich habe gut gekocht, Juni. Super!", sagt Sahal.
„Morgen bin ich dran, okay? Ich mach einen Kartoffelauflauf, wie ihn Frau Spicker macht. Hoffentlich krieg ich's hin. Hast du mich verstanden, Sahal?"
„Hast du einen Bruder? Hast du eine Schwester?", fragt er statt einer Antwort.
„Ich habe einen kleinen Bruder. Alexander. Er ist fünf Jahre alt."
„Ich habe funfzehn Jahre alt."
„Ich bin vierzehn Jahre alt", sage ich. „Und du bist fünfzehn."
„Ich bist fünfzehn", wiederholt er.
„Ich *bin* fünfzehn."
„Du bist vierzehn. Ich bin fünfzehn. Deutsch ist sooo schwer!" Er stöhnt theatralisch und fasst sich an den Kopf.
Wir lachen. Und es ist so schön, zusammen zu lachen, dass wir gar nicht mehr aufhören können. Ich sitze auf Karls Drehstuhl

an seinem chaotischen Schreibtisch und japse nach Luft, Sahal lässt sich auf das Sofa plumpsen und bringt die daraufliegenden Krümel zum Hopsen, wir lachen und lachen, bis wir nicht mehr können.

„Lachen ist gesund", sagt Sahal und ich pruste schon wieder los.
„Wer hat dir das denn beigebracht?"
„Bei-gebracht?"
„Wo hast du das denn gelernt?"
„Bei-gebracht, das ist ein schönes Wort."
„Und, wer?"
„Mein Freund hat es bei mir gebracht", sagt Sahal und seine Miene verfinstert sich.
„Wie alt warst du, als du von Somalia weggegangen bist?", frage ich, um das Thema zu wechseln. Manchmal ist es, als würde man auf rohen Eiern gehen, wenn man mit ihm redet.
„Wie alt bin ich in Somalia, wenn ich fluchte?"
„Ja, wie alt warst du?"
„Ich bin flüchten von Somalia mit Mama und Schwester, wenn elf Jahre alt. Meine Vater ist tot, meine Bruder ist dreizehn Jahre alt und ist tot, meine Mutter geht mit mir und Schwester zu Dadaab in Kenia. Sie ist alleine. Sie hat viele Angst. Dann ist sie zusammen mit andere Mann. Diese Mann ist helfen meine Mutter. Dann kommt Baby-Bruder und diese Mann ist nicht gut für mich. Meine Mutter sagt: Sahal, gehe zu Deutschland, diese Land ist sehr gut. Wenn ich gehe zu Deutschland, ich bin dreizehn Jahre alt."
„Dann hast du zwei Jahre bis nach Deutschland gebraucht!"
„Zwei Jahre bis nach Deutschland."
„Zwei Jahre, das ist ja unglaublich. Und warum sind dein Vater und dein Bruder in Somalia gestorben?"

Sahal antwortet nicht. Vielleicht hat er mich nicht verstanden.

„Mein Vater ist tot, mein Bruder ist tot", wiederholt er leise und ich kapiere wieder mal gar nix.

„Warum? Woran sind sie gestorben? Warum sind sie tot?"

Sahal sieht mich flehentlich an, und endlich verstehe ich, wie schwer es ihm fällt, darüber zu reden.

„Du musst nicht ...", fange ich an, als er mich unterbricht.

„Viel ...", er sucht nach Worten. Er macht eine schlagende Handbewegung.

„Sie wurden geschlagen?"

„Ja, geschlagen."

„Wer hat sie geschlagen?"

Er hebt die Schultern. Offenbar fehlen ihm die Worte. Ich öffne Karls Laptop.

Er hat mir sein Passwort verraten: bt34tu4N_3, darauf kommt kein Mensch von alleine, und er wusste es auch noch auswendig. Ich suche nach ‚Somalia'. Und ich finde eine ganze Menge. Ich finde 292 Millionen Einträge in 0,36 Sekunden.

Ich lese:

Somalia liegt im Osten des afrikanischen Kontinents, am Horn von Afrika.

Der nördliche Teil des Landes ist größtenteils bergig und liegt durchschnittlich 900 bis 2100 m über dem Meeresspiegel. Nach Süden hin erstreckt sich ein Flachland mit einer durchschnittlichen Höhe von 180 m. Die Flüsse Jubba und Shabeelle entspringen in Äthiopien und fließen durch die Somali-Wüste in den Indischen Ozean.

Ich stelle mir die Berge und Flüsse und das Meer vor, ich stelle mir ein schönes, heißes, exotisches Land vor.

Aber ich lese auch:

Somalia wird oft als gescheiterter Staat bezeichnet. Auf dem Korruptionswahrnehmungsindex liegt es auf dem letzten Platz, gemäß der Mo Ibrahim Foundation ist es das am schlechtesten regierte Land Afrikas. Bezüglich Pressefreiheit steht das Land laut ‚Reporter ohne Grenzen' auf der 159. Stelle von 169 Staaten.

Keine Ahnung, was der Korruptionswahrnehmungsindex sein soll. Ein solches Wort gehört glatt verboten, finde ich. Aber dass Somalia schlecht regiert ist, könnte schon allein ein Grund sein, weshalb man von dort weggeht. Sahal beugt sich neugierig über den Artikel.

„Ich lese über Somalia", sage ich.

„Gut", sagt Sahal. „Du weißt dann über Somalia. Wissen ist gut. Ich will viel wissen. Ich will besser alles wissen." Er setzt sich ans Aquarium und schaut den Fischen zu.

Ich lese:

Nach dem Sturz der autoritären Regierung 1991 existierte aufgrund des noch andauernden Bürgerkrieges mehr als 20 Jahre lang keine funktionierende Zentralregierung mehr. Die ab dem Jahr 2000 unter dem Schutz der internationalen Staatengemeinschaft gebildeten Übergangsregierungen blieben weitgehend erfolglos, sie vermochten zeitweise kaum die Hauptstadt unter ihrer Kontrolle zu halten. Weite Teile des Landes fielen in die Hände lokaler Clans, Kriegsherren, radikal-islamistischer Gruppen oder Piraten.

„Hier steht viel über Somalia." Ich zeige auf den Laptop. „Es scheint kein gutes Land zu sein."

„Somalia ist ein gutes Land. Mein Vater ist gut, meine Mutter, Schwester, mein Bruder ist gut", erwidert Sahal aufgebracht.

„Ja, natürlich sind die Menschen dort in Ordnung. Die meisten Menschen sind bestimmt okay, ja? Aber es gibt Krieg, oder?"

„Ja, natürlich. Es gibt immer Krieg. Einmal in diese Stadt und dann in andere Stadt. In meine Stadt ist lange Krieg, viele Männer kommen und sagen, meine Vater muss arbeiten für Al-Shabaab."

„Was sollte er für Al-Shabaab arbeiten?"

Sahal sucht nach Worten. „Wenn ein Auto ist kaputt, mein Vater macht wieder fahren."

„Er ist Mechaniker. Er repariert Autos. Aber das ist doch eine gute Arbeit."

„Ja, auch mein Bruder will Mechaniker machen, er ist immer bei mein Vater. Er will nicht in Schule, er will Mechaniker machen. Aber mein Vater will nicht arbeiten für Al-Shabaab. Deswegen ist er tot, deswegen ist mein Bruder tot. Deswegen sagt meine Mutter: Wir gehen zu Kenia. Wir mussen sofort gehen zu Kenia."

„Sie hätten euch auch getötet, wenn ihr geblieben wärt."

Ich habe keine Ahnung, wer dieser Al-Shabaab ist. Er scheint ein grausamer Idiot zu sein.

„Ich bin leben, ich bin in Deutschland. Ich will lernen und arbeiten in Deutschland. Ich will Geld schicken für Mutter", sagt er lebhaft. „Ich habe Angst, dass ich muss zurückgehen. Zu Italien oder zu Libyen. Ich war in Italien. Das ist sehr schlecht. Ich war in Libyen. Das ist viel, viel schlecht."

„Was war dort?"

„Ich gehe in ein Gefängnis in Libyen. Ich habe nichts gemacht. Ich muss in Gefängnis, aber ich habe nicht gestohlen oder Schlechte gemacht. Ich war dort viele Tage. Ein Mann aus Mali ist in Gefängnis sehr nett zu mich. Er wartet auf mich, dann gehen wir zusammen zu Deutschland. Wir sind zusammen auf Boot. Boot ist kaputt. Viele Menschen sterben. Mann aus Mali sterben. Ich bin leben."

Er sagt nichts mehr. Ich kann ihn nicht ansehen.

Es gab eine Zeit, da habe ich den Fernseher ausgemacht, wenn etwas über Flüchtlinge kam, und in der Schule habe ich mich nicht beteiligt, wenn wir das Thema behandelten. Ständig gab es nur dieses eine Thema, überall: Flüchtlinge am Morgen und am Abend und in der Zeitung und im Café am Nachbartisch – es reichte, es war zu viel, ich konnte nichts mehr darüber hören und nichts sehen.

Wahrscheinlich wollte ich einfach nicht, dass mich das Ganze betrifft. Und jetzt sitze ich hier und bin auf einmal so betroffen, dass ich heulen könnte.

Ich sehe Sahal an und auch er sieht aus, als könnte er heulen. Wir heulen beide nicht.

„Ich will sehr gerne in die Schule gehen", sagt er endlich.

„Bist du zur Schule gegangen, Sahal? In Somalia? Oder in diesem Lager?", frage ich, erleichtert, dass dieser blöde Moment vorbei ist.

„Ja, ich bist zur Schule gegangen. In Somalia und in Dadaab. Ich spreche Somali, ich schreibe Somali."

„Somali, so nennt man deine Sprache?"

Er nickt.

Auf einer der aufgerufenen Internetseiten gibt es eine Audiodatei. Ich lasse sie laufen. Man hört Marktgeräusche, jemand hämmert auf Metall, ein Mann spricht. Nach wenigen Worten springt Sahal auf.

„Dieser Mann sprechen Somali", ruft er begeistert.

Da habe ich eine Idee. Ich suche die Seite mit den vielen Musikclips und finde unzählige Beiträge mit somalischen Sängern. Die Lieder sind echt lustig. Meistens dauert es erst einmal mindestens drei Minuten, in denen auf einer elektrischen Orgel gedudelt wird, bevor irgendjemand anfängt zu singen. Schon bei den ersten Takten springt Sahal auf.

„Diese Musik ist somali! Ich höre viel diese Musik in Dadaab. Aber diese Musik ist verboten in Somalia."

„Wer verbietet denn Musik?"

Sahal zuckt gleichmütig mit den Schultern. „Al-Shabaab."

Dieser Typ wird mir immer unsympathischer.

„Auch Tanzen ist verboten. Und fahren mit Skateboard ist verboten. Ich kann sehr gut fahren Skateboard."

„Du kannst Skateboard fahren?"

„Kann ich sehr gut. Ich bin viel fahren in Somalia, aber Straße ist sehr schlecht und Skateboard ist sehr alt. Gott sei Dank ist hier gute Straße und ist kein Al-Shabaab", sagt er und fängt an zu tanzen. Erst zaghaft und mit einem irgendwie trotzigen Ausdruck, dann immer schneller und heftiger. Er stampft mit den Füßen, schüttelt die Fäuste und sprüht mit seinen Augen zornige Funken. Wie ein irrer Kobold tobt er durch Karls Zimmer, stürmt durchs Wohnzimmer, in den Flur und wieder zurück. Er macht mir Angst. Aber ich tanze auch. Ich zertanze meine Angst und meine Zweifel und meine Wut, drehe auf volle Lautstärke und fege wie Sahal durch die ganze Wohnung. Ab und zu begegnen wir uns, jetzt lacht er und ich lache auch, ich tanze so lange, bis ich außer Atem aufs Sofa sinke.

Draußen ist endlich der Sommer ausgebrochen, nach all den trüben Tagen. Sahal öffnet alle Fenster und die Balkontür und lässt ihn herein. Ich hatte ganz vergessen, dass Sommer ist. Ich hatte ganz vergessen, wie schön es ist, zu tanzen, sich um nichts zu sorgen und einfach an nichts zu denken.

Acht

Es ist Nacht. Ich liege in Karls Bett und träume. Ich lasse mich in den Traum fallen wie in einen tiefen, dunklen See und es ist mir komplett egal, wenn ich darin ertrinke. Es ist ein Traum ohne Handlung. Gegenstände und Ereignisse, Erinnerungen und Visionen tauchen auf und verschwinden wieder. Mein Opa schwimmt zusammen mit Filou in Karls Aquarium und ich renne mit Alex über einen Strand. Meine Mutter steht mitten auf der Straße und öffnet Sahals schwarzen Koffer. Hunderte von Geldscheinen werden vom Wind erfasst und flattern durch die Luft. Ein Hund läuft über eine Wiese und Geifer tropft ihm aus dem Maul. Ein bunter Lenkdrachen tanzt im Wind über hohen Schneebergen, Sahal hält ihn an einer leuchtend blauen Schnur und lacht glücklich. Frau Spicker jongliert mit Tomaten und mein Vater springt kopfüber in die Spree. Sahal fährt auf dem Skateboard durch eine bedrohlich wirkende, menschenleere Straße, er schleppt schwer an einem riesigen, schwarzen Koffer. Ich weiß, dass er verfolgt wird, auch wenn die Verfolger nicht zu sehen sind. Ich spüre seine Angst, ich bin Sahal und ich habe Todesangst, ich fahre, so schnell ich kann,

eine kalte Hand krallt sich in meinen Nacken und schleudert mich zu Boden.
Ich bin augenblicklich hellwach und panisch.
„Sahal!"
Er schläft im Wohnzimmer auf dem Sofa und ist innerhalb von Sekunden bei mir.
„Ich hatte einen Albtraum."
„Du hatte einen Albtraum. Du hatte Angst. Was ist los?"
„Ich weiß nicht mehr. Es war so durcheinander."
„Ich bleibe hier."
„Danke, Sahal."
Ich sinke zurück auf das Kissen und schnelle wie ein überspanntes Gummiband wieder hoch.
„Sahal, was ist mit dem Koffer? Wir müssen ihn holen. Da sind deine Papiere drin, oder? Er kann nicht in der Gruft bleiben!"
„Ich habe dem Koffer geholt."
„Was? Wann?"
„Du bist schlafen. Ich habe dem Koffer geholt."
„Du hast ihn schon geholt? Und der Gärtner? Der Mann auf dem Friedhof?" Ich zeige wieder den dicken Bauch.
„Kein Problem, dieser Mann ist auch schlafen."
Klar, es ist Nacht, ich bin völlig konfus.
„Aber nachts ist der Friedhof doch abgeschlossen!" Ich mache die international verständliche Geste für das Umdrehen eines Schlüssels und Sahal deutet Klettern an.
„Du bist über den Zaun geklettert?"
„Geklettert, ja!"
„Und wo ist der Koffer jetzt?"
„Der Koffer ist jetzt kein Problem. Besser, du schlafst jetzt", sagt er ungewohnt schroff.

Bevor ich noch etwas sagen kann, ist er hinausgegangen. Ich komme mir auf einmal vor wie ein Kleinkind. Wie jemand, dem man die Welt erklären muss. Keine Ahnung, wieso. Und wie ein Kleinkind schlafe ich auch sofort wieder ein.

Das Telefon klingelt genau in dem Moment, als ich im Flur daran vorübergehe. Mechanisch hebe ich ab. Erst als ich freundlich „Hallo, wer da?" sage, geht mir auf, wie blöd ich bin. „Hi, Juni", höre ich Karl. Mein Herz klopft wie verrückt, Gott sei Dank ist es niemand anderes als er.
„Oh, Karl, wie schön!"
„Geht es euch gut?"
„Ja, ganz prima", lüge ich.
„Die Tour ist klasse, wir haben schönstes kchchch… Ich hab hier chcchchch… schlechten Empfang", knattert seine Stimme. „Wir sind mitten in der Pampa, aber es ist echt kchhchchchc…"
„Karl?"
Er ist weg und mein Herz klopft noch immer. Eine Radtour mit Karl durch die Pampa – was für eine hinreißende Vorstellung!

Unsere Vorräte gehen zur Neige. Außer ein wenig Mehl und ein wenig Olivenöl sind nur noch massenhaft getrocknete Kräuter in der kleinen Speisekammer. Sahal war ganz begeistert von den vielen exotischen Gewürzen, die Karls Eltern in kleinen, braunen Gläsern aufbewahren. Er hat aus Mehl, Gewürzen und Öl einen festen Teig geformt und ihn wie Pfannkuchen gebacken. Irgendwie hat er es hingekriegt, dass die Fladen knusprig wie Chips wurden. „Canjeero", sagt er.
„Canjeero", wiederhole ich. „Wenn das so weitergeht, werde ich noch dick und fett. Du könntest Koch werden."

„Koch werden?"

„Ja, klar", sage ich und rühre in einer imaginären Schüssel. „Du machst ein Restaurant auf mit somalischen Speisen. Du wirst stinkreich werden, das verspreche ich."

„Stinkreich", sagt Sahal lachend.

„Stinken", sage ich, verziehe das Gesicht und halte mir die Nase zu. „Und reich, das kennst du."

„Stinkreich, das verstehe ich. Stinkreich ist viel Geld. Ganze Koffer voll."

Auf einmal kippt die Stimmung. Ein Koffer voller Geld. Sahal hat doch schon viel Geld, denke ich. Fragt sich bloß, woher? Fragt sich bloß, wem es gehört. Sahal sieht mich an und er spürt meine Fragen, ohne dass ich sie stelle, und ich spüre, wie sich ein riesiger Berg von gegenseitigem Misstrauen zwischen uns schiebt.

Ich will nicht, dass die Stimmung so ist, ich will, dass wir zusammen lachen und kochen und tanzen, ich will Mühle mit ihm spielen wie gestern Abend, ich will mit ihm im Internet Bilder von Somalia ansehen und ihm Deutsch beibringen (und je mehr wir üben, desto besser spricht und schreibt er), ich will endlich den versprochenen Kartoffelauflauf machen. Und dafür brauche ich Kartoffeln. Und Hackfleisch. Und deshalb werde ich diese unbehagliche Stimmung einfach ignorieren und einkaufen gehen. Ich finde noch dreißig Euro in meiner Börse, davon kann man eine ganze Menge Kartoffelauflauf kochen.

Die Ferien haben begonnen und der Sommer erhitzt die Stadt. Kinder in kurzen Hosen und Mädchen in dünnen Kleidchen bevölkern die Straßen. Ziellos und mit unendlich viel Zeit ausgestattet, geben sie sich ihren freien, unverplanten Tagen hin, recken ihre blassen Glieder der Sonne entgegen, erbetteln von ihren Eltern ein Eis oder einen Schwimmbadbesuch und hoffen wie jedes Jahr, dass die Sonne sechs Wochen lang ununterbrochen fleißig ihre Aufgabe erfüllt. Und wie jedes Jahr hegen sie unbeirrbar die Illusion, dass diese Ferien nie enden werden.

Mit meiner dicken Jeans und dem Pullover bin ich viel zu warm angezogen, ich krempele die Ärmel hoch und gehe auf der Schattenseite der Friesenstraße.

Wenn man nicht gesehen werden will, kommt es einem erst recht so vor, als ob alle Leute einen anstarren. Ich fühle mich von allen und jedem angestarrt. Lieber Gott, flehe ich, wenn es dich gibt, mach, dass mich keiner kennt, keiner anspricht, keiner fragt, wo es zur U-Bahn geht. Ich weiß nicht, ob ich meinen Blick senken oder besser die Leute beobachten soll, ich ziehe den Kopf zwischen die Schultern und versuche, geradeso schnell zu gehen, dass es nicht auffällt.

Und so schaffe ich es unerkannt in den Supermarkt. Aber gerade als ich die Kartoffeln abwiege, sehe ich, wie Noemi Abel in der Kosmetikabteilung herumschlendert. Klar, in der Kosmetikabteilung, wo sonst? Noemi ist das schönste Mädchen in meiner Schule, aber im Gegensatz zu meiner besten Freundin Kaya (ach, Kaya!) weiß sie das genau und sie weiß auch ganz genau, was sie einmal werden will. Vermutlich hat sie schon in der Grundschule hochhackige Schuhe getragen und sich die Haare bis zum Po wachsen lassen, wackelt, seit sie drei Jahre alt ist, mit den Hüften und hat auch so lange geübt, bis man ihr das strahlende Lächeln, das sie an- und ausknipsen kann wie eine Taschenlampe, tatsächlich abgenommen hat. Dabei sind alle anderen für sie nur Publikum, der lange Flur in der Schule ist ihr Catwalk und das Klassenzimmer ihre Bühne, und selbstverständlich will Noemi Topmodel werden.

Jetzt stolziert sie direkt auf mich zu. Noch hat sie mich nicht gesehen, aber ich habe keine Möglichkeit, mich hier an der langen, niedrigen Gemüsetheke zu verstecken, ich kann mich nur abwenden, ihr den Rücken zukehren und hoffen, dass sie so mit sich selbst beschäftigt ist, dass sie mich genauso übersieht, wie sie es schon immer getan hat.

Ihre hohen Hacken klappern, als sie sich nähert. Was hat sie nur in Kreuzberg zu suchen, ausgerechnet jetzt, ausgerechnet hier? Ich gehe in die Hocke, um mir die Schuhe neu zu binden, langsam, ausführlich und mit tief gesenktem Kopf. Dumm nur, dass ich gar keine Schuhbändel habe, denn am liebsten trage ich flache Slipper, und dumm nur, dass Noemi an der Gemüsetheke stehen bleibt, keinen Meter von mir entfernt, sodass ich ihr aufdringliches Parfüm riechen kann. Himmel, sie wird doch hoffentlich nicht den Nutzen von Vitaminen für den Erhalt und die Förderung ihrer Schönheit entdeckt haben! Ich nestle umständlich an nicht vorhandenen Bändeln, während Noemi beängstigend nah neben mir steht und irgendetwas macht, was ich nicht sehen kann. Und endlich fällt mir ein, dass sie garantiert eine von denen ist, die ständig ihren Instagram-Account überprüft, und tatsächlich, als ich vorsichtig einen Blick nach schräg oben wage, tippt sie auf ihrem Smartphone herum, aber gerade als ich mich aufrichte, um unauffällig davonzuschlendern, senkt sie ihr Smartphone und sieht mich direkt an. Sie erkennt mich, das sehe ich an dem geringschätzigen Blick, den sie mir zuwirft. Mit einer wahnsinnig aparten Bewegung wirft sie die honigblonden Haare zurück und sieht dann geflissentlich an mir vorbei. Und dann geht sie an mir vorüber, als wäre ich nicht vorhanden, nein, sie schwebt, sie gleitet, vorbei an Erdbeeren und Erbsen, an Brokkoli und Birnen, dem Ausgang zu, sie ist das schönste Mädchen weit und breit und sie weiß es leider nur zu genau.

Es gab eine Zeit, da hätte ich es cool gefunden, mein eigenes Bild im Fernsehen zu sehen. Es ist nicht cool, wirklich nicht. Ich springe auf wie von der Tarantel gestochen, als ich mein Bild in den Berliner Regionalnachrichten sehe.

„Auf der Polizeiwache in der Friesenstraße in Kreuzberg wurde Junika zuletzt gesehen, seitdem ist sie verschwunden", sagt eine Reporterin in diesem typisch reporterhaften, künstlich aufgeregten und gleichzeitig betont ernsthaften Ton. Keine Ahnung, wie die das immer hinkriegen. Sie steht vor dem Eingang zur Polizeiwache und blickt vorwurfsvoll in die Kamera, und ich sinke tiefer ins Sofa, als könnte sie mich tatsächlich sehen.

Der doofe Friedhofsgärtner erscheint auf dem Bildschirm und plustert sich auf wie ein Superstar auf dem roten Teppich.

„Det Mädel is unberechenbar, keen Wunder, det die abjehaun is. Det is ne richtije Rumtreiberin", schnauft er.

„Haha, du Blödmann", schreie ich ihn an. Sahal erscheint neugierig im Türrahmen.

„Dieser Mann ist sehr dick und fett", sagt er seelenruhig, während ich mir vor Aufregung die Fingernägel abkaue.

Die Reporterin taucht wieder auf.

„Wir bitten die Bevölkerung um Hinweise. Wer Junika gesehen hat, möge sich umgehend bei der Polizei melden."

Erneut wird mein Bild eingeblendet.

„Das bist du!", sagt Sahal.

„Ja, das bin ich. Und weißte, was das heißt, Sahal? Das heißt, ich kann jetzt nicht mehr einkaufen gehen, weil ich sonst erkannt werden könnte. Ich muss hierbleiben, Sahal. Sie suchen nach mir. Meine Mutter sucht nach mir."
Ich gebe meiner Stimme einen munteren, sorglosen Ton. Aber in mir drin tobt ein Sturm.
„Deine Mutter sucht dir. Natürlich, deine Mutter sucht dir. Du musst gehen, zu deine Mutter. Du musst sagen: alles okay."
Sahal sieht mich nicht an, während er das sagt.
„Ich bleibe hier, Sahal. Ich gehe nicht."
„Du musst gehen. Deine Mutter hast Angst."
„Mir egal", sage ich trotzig. Und schäme mich dafür, dass ich klinge wie ein Kleinkind.
„Deine Mutter ist hier. Meine Mutter ist in Afrika. Ich möchte zu meine Mutter gehen. Du möchte zu deine Mutter gehen."
„Ich möchte nicht zu meiner Mutter gehen."
„Warum?"
„Sie liebt mich nicht. Sie ist sauer auf mich."
„Sie liebt dich. Alle Mutter lieben."
„Meine nicht. Sie kann das gar nicht. Sie kann nicht lieben."
„Sie kann. Sie kann das gar nicht sehr süß und schön. Sie kann nicht wie Zucker. Sie kann wie Salz. Ohne Salz sterben."
Woher weiß Sahal, dass meine Mutter nicht süß und schön ist? Woher weiß er, dass sie wie Salz in einer Wunde sein kann? Woher weiß er, wie sich ihre Liebe für mich anfühlt? Wie kann er mit so wenigen Worten so genau in mein Herz treffen? Ich kämpfe gegen die Tränen, die in mir aufsteigen. Und dann lasse ich die Tränen gewinnen. Sie laufen mir in Sturzbächen die Wangen hinunter.

Sahal drückt sich vom Türrahmen weg und geht ein paar Schritte auf mich zu, dann bleibt er verlegen mitten im Raum stehen.
„Sorry, Sahal, ich muss jetzt gerade ein bisschen heulen."
„Ich muss auch viel heulen", murmelt Sahal. „Wenn mein Bruder tot und mein Vater tot, ich muss viel, viel heulen."
„Wer hat sie getötet?"
„Al-Shabaab. Tötet viele Menschen."
„Wer ist das? Wer ist dieser beschissene Al-Shabaab? Was ist das für ein Mann?"
„Kein Mann, viele Männer", sagt Sahal und hebt ratlos die Hände.
„Warte", sage ich und gehe an Karls Laptop. Ich bin dankbar für die Ablenkung. Dankbar und beschämt, mein Kummer kommt mir auf einmal so klein und belanglos vor.
Es dauert eine ganze Weile, bis ich die richtige Schreibweise von Al-Shabaab herausgefunden habe, und dann lese ich zum Beispiel:
Kinder und Jugendliche in Somalia können sich nicht einfach mit ihren Freunden zum Fußballspielen treffen. Und sie wissen, dass sie in Lebensgefahr sind, wenn sie das Elternhaus verlassen, um in die Schule zu gehen. Der junge Somalier Yahye stand neben seinem Vater, als dieser von der Terrormiliz Al-Shabaab erschossen wurde, weil er sich weigerte, ihnen seinen Sohn mitzugeben. Yahye selbst konnte verletzt fliehen.
Und auf einer anderen Seite:
Die mit dem Terrornetzwerk al-Qaida verbündete Miliz kontrollierte über Jahre große Teile der Hauptstadt Mogadischu sowie weite Gebiete im Zentrum und Süden des Landes. Sie verbreitet in Somalia seit Jahren Angst und Schrecken. Al-Shabaab legt die islamische

Rechtsprechung Scharia äußerst brutal aus, wozu immer wieder öffentliche Hinrichtungen und Amputationen gehören.
Ich bin so vertieft in das, was ich da lese, dass ich es gar nicht merke, als Sahal hinter mich tritt und mir über die Schulter schaut.
„Ich will lesen, aber es ist schwer", sagt er.
„Du hast in den letzten Tagen dein Deutsch schon super verbessert!"
„Deutsch ist schwer. Aber ich muss lernen."
„Sahal, hier stehen schlimme Dinge. Al-Shabaab ist schlimm."
„Ist sehr schlimm. Aber Lager in Kenia ist auch nicht gut. Dort ist keine …", er sucht nach Worten. „Keine Platz für Jahre."
„Es gibt dort keine Zukunft für dich."
„Ja, keine Zukunft, keine Arbeit, keine Schule mehr. Schule ist dort nur ein paar Jahre und dann nichts mehr. In Dadaab ist ein Mensch immer ein Flüchtling. Und Dadaab ist in Kenia. Und Regierung in Kenia sagt: Dadaab wird bald geschlossen. Alle Menschen müssen gehen zu ihre Heimat. Deshalb sagt meine Mutter: Gehe zu Deutschland. Dort ist eine Zukunft für dich."
„Dieses Flüchtlingslager ist in Kenia, und es soll bald geschlossen werden? Verstehe ich dich richtig?"
„Ja, Kenia sagt sehr oft, von dieses Lager kommt viel Al-Shabaab-Leute zu Kenia und macht Anschlag. Deshalb wird geschlossen."
„Hast du Kontakt zu deiner Mutter? Telefonierst du mit ihr? Wirst du überhaupt erfahren, wenn das Lager geschlossen wird und sie von dort wegmuss?"
Er versteht mich nicht. Ich tippe auf ein imaginäres Handy.
„Telefonierst du mit deiner Mutter? Oder schreibst du?"
„Es ist sehr schwer telefonieren zu Dadaab. Meine Mutter hat nicht ein Telefon, nur ihr Mann hat ein Telefon. Er will nicht, dass meine Mutter telefonieren zu mir."

„Außerdem hast du ja dein Handy verloren", fällt mir ein, und weil wir gerade dabei sind und Sahal so bereitwillig erzählt, packe ich die Gelegenheit beim Schopf.
„Sahal, und warum bist du aus dem Heim abgehauen? Wollten sie dich abschieben?"
Sofort wird Sahals Blick verschlossen. Ich bewege mich auf ganz dünnem Eis, das merke ich.
„Sahal", sage ich. „Bitte ..."
Ohne mich anzusehen, sucht er nach Worten.
„Ein Freund ist auch von Dadaab. Wir treffen hier in Heim. Wir sind sehr viel zusammen. Er ist wie ein großer Bruder. Wir machen Registrierung und warten. Wir stellen Asylantrag und warten. Immer warten, immer nichts tun. Sehr schlimm."
„Nichtstun ist doch klasse. Nichts tu ich am liebsten."
„Alle Menschen will tun. Alle wollen tun. Alle wollen arbeiten. Und lernen. Nichtstun macht Menschen schlecht. Und immer Angst wegen Abschiebung macht Menschen noch viel mehr schlecht."
„Du hast noch kein Asyl bekommen?"
„Nein. Ich sage: Ich bin fünfzehn Jahre alt. Aber niemand glaubt das. Alle denken, ich bin achtzehn Jahre alt. Deshalb darf ich nicht in Schule gehen."
„Hast du keinen Pass?"
„Besser, du hast nicht Pass, wenn du bist bei Flucht und wenn du willst Asyl."
„Das verstehe ich nicht."
„Es ist schwer. Wenn du hast keinen Pass, manchmal du hast Duldung."
„Duldung?"
Sahal hebt resigniert die Hände. Er kann es nicht erklären, und

um ehrlich zu sein, will ich es auch gar nicht verstehen. Mir ist das alles zu kompliziert. Warum darf einer nicht in die Schule gehen, wenn er unbedingt will? Ich würde freiwillig darauf verzichten und dafür könnten alle Flüchtlinge in ganz Berlin dahingehen.

„Mein Freund wartet schon sehr, sehr lange", fährt Sahal fort.

„Er will arbeiten. Er muss Geld schicken zu Somalia. Erst Asyl, dann arbeiten, ist ...", Sahal sucht nach Worten.

„Solange sein Antrag läuft, darf er nicht arbeiten?", rate ich.

„Ja, drei Monate nicht arbeiten. Er wird schlechte Mann. Er macht schlechte Dinge."

„Was macht er?"

„Er ist ein Dieb und andere Dinge. Ich sage: Bitte, das ist schlecht. Er sagt: Halt's Maul. Er ist sehr schlecht mit mir."

„Er ist böse auf dich."

„Er ist sehr, sehr böse auf mich. Ein anderer Mann ist auch sehr, sehr böse auf mich. Ich habe viel Angst. Ich gehe Friedhofe."

„Und was ist mit dem Geld, Sahal?"

„Geld in Koffer", sagt er einsilbig und wirft mir einen beängstigend kalten, warnenden Blick zu. „Ich sage nichts mehr von diese Koffer zu dich. Das ist nicht gut."

Sofort kommen mir komplett unsinnige Bilder in den Kopf. Ich stelle mir den Koffer bis obenhin vollgestopft vor, die Bündel der abgezählten Scheine umwickelt mit braunen Streifen aus Packpapier, wie in einem Gangsterfilm.

„Dein Vater, er wird helfen, ja?"

Ich sehe Sahal an. Er ist fünfzehn Jahre alt. Sein Vater und sein Bruder wurden ermordet. Sein Stiefvater lehnt ihn ab. Er war zwei Jahre auf der Flucht.

„Ja, Sahal, mein Vater wird dir helfen."

„Wo ist dein Vater?"
„In Ecuador", antworte ich, und weil Sahal das offensichtlich nichts sagt: „In Südamerika, er arbeitet dort. Er kommt in drei Wochen wieder. Zum Glück nur noch drei Wochen. Wir müssen ihm alles erzählen."
„Ich kenne nicht dein Vater. Ich muss sehen, ich muss seine Augen sehen."
„Wenn du in seine Augen siehst, weißt du, ob du ihm vertrauen kannst?"
„Was ist Vertrauen?"
„Dass du glaubst, dass er dir helfen wird." Ich lege meine Hände auf mein Herz. „Vertrauen ist, wenn dein Herz fest daran glaubt, dass es gut wird."
„Mein Herz ist sehr krank, jeden Tag heult mein Herz."
„Sahal", sage ich. „Damals, in meiner Klasse, beim Projekt von Tina, da hast du mir so lange in die Augen gesehen. Sehr lange. Was hast du da gesehen?"
Er zögert.
„Ich habe gesehen eine kleine Mädchen", sagt er nach einer ganzen Weile. „Diese Mädchen geht sehr gut. Diese Mädchen ist sehr stark und hat viel Wut. Diese Mädchen ist nicht wie Mädchen in Somalia."
„Wie sind die Mädchen in Somalia?"
„Sie sind stark auch. Aber kann man nicht sehen. Dieses Stark darf man nicht sehen."
„Sie dürfen ihre Stärke nicht so zeigen wie die Mädchen hier?"
„Mädchen hier zeigen sehr viel. Aber Mädchen hier sind ein bisschen klein in Herz und dumm."
„Wie bitte?"

„Sie zeigen: Ich bin so viel schön. Sie gehen immer in die Straße und denken: Ich bin so schön. Und sie kaufen so viel für Schön. Und sie zeigen alles auf die Straße und in die Schule."
„Also, ich kaufe überhaupt nicht viel und außerdem bin ich kein kleines Mädchen. Ich bin nicht so dumm, wie du denkst."
Sahal sagt nichts darauf, er sieht mich nur mit einem spöttischen Lächeln an. Das macht mich wütend.
„Ja, toll. Also bin ich ein kleines, dummes Kind für dich. Gut zu wissen. Und das nach allem, was ich für dich getan habe!"
Tja, und dann stapfe ich genau wie ein kleines, zorniges Kind aus dem Zimmer.
In der Küche setze ich mich an den Tisch und stippe mit der Fingerspitze verschütteten Zucker auf. Sahal kommt herein und setzt sich dazu.
„Danke für dein Helfen. Danke für dein Bleiben. Ich sehe und denke und sehe und denke und sehe und denke. Und ich denke, deutsche Menschen sind nicht immer besser als Somali. Und ich denke, vielleicht sind Somali ein bisschen besser heute oder morgen. Entschuldigung", sagt er ruhig. Ich sehe ihn nicht an. Er geht hinaus und ich komme mir blöd vor.

# Neun

Ich habe Sahal einen Einkaufszettel diktiert. Er kann jetzt „Mehl" und „Ei" und „Tomate" schreiben und „Milch" und „Kartoffeln", und er hat im Internet die Wörter „Kichererbsen" und „Linsen" gefunden. Er ist losgezogen, um das alles zu holen, und ich freue mich schon darauf, was er daraus zaubern wird. Da höre ich, wie jemand die Treppe heraufrennt, wie sich der Schlüssel in der Wohnungstür dreht. Sahal schlüpft herein, mit leeren Händen, schließt vorsichtig die Tür, er ist außer Atem, er ringt nach Luft und um Fassung.
„Sahal?"
„Ich denke, ein Mann seht mich."
„Jemand hat dich erkannt? Wer?"
Sahal hebt die Hände. Er will nichts sagen.
Und dann hocken wir drei Tage in der Wohnung fest. Vor dem Bericht in der Abendschau hatte ich ja noch eingekauft. Für den Kartoffelauflauf à la Frau Spicker. Er ist mir nicht so gut gelungen, er war ein wenig pampig und danach war irgendwie die Vorratskammer schon wieder halb leer. Anscheinend bin ich nicht so gut im Einkaufen. Und nicht so gut im Kochen.

Und nicht so gut im Schlechtes-Essen-Verspeisen. Wir essen rote Bohnen aus der Dose mit einer Soße aus Tomatenmark, Kräutern und Salz (Chili ohne Carne), das ist nicht ganz furchtbar schlecht, aber dann essen wir Eierpfannkuchen ohne Eier und ohne Milch, wir verspeisen Haferflocken mit Apfelsaft und Nudeln ohne alles. Jetzt ist die Vorratskammer leer und außer einer halben Tube sehr scharfen Senfs (den Sahal nicht kannte und ganz toll findet) und drei Päckchen schimmliger Hefe ist auch im Kühlschrank nichts mehr zu finden. Ich bin hungrig und müde und schlecht gelaunt. Nachts schlafe ich nicht mehr richtig, und am Tag bin ich dann meistens zu kaputt, um Sahal Schach beizubringen (er gewinnt sowieso bald öfter als ich) oder eines der vielen Fantasybücher aus Karls Bücherregal zu lesen. Sahal liest ununterbrochen Comics. Er liest die ganzen Comics von Karls Eltern und er scheint immer mehr zu verstehen, er kichert vor sich hin, und er sieht sich Kochbücher an. Das finde ich ein bisschen verrückt, die vielen Bilder mit den leckeren Speisen würden mich wahnsinnig machen. Wenn die Pflanzen und die Fische versorgt sind, liege ich meistens auf dem Sofa und zappe mich durch das Nachmittagsprogramm. Gestern kam noch einmal ein Bericht über mein Verschwinden in der Abendschau, nur kurz zwar, aber mein Bild war lange genug zu sehen, um mich davon abzuhalten rauszugehen, um einzukaufen.

„Ich muss mich irgendwie tarnen. Vielleicht müssen wir einfach meine Haare färben."

„Haare färben", wiederholt Sahal verständnislos.

„Andere Farbe", sage ich und wuschle durch meine nicht mehr vorhandene Frisur. „Dann kann ich einkaufen gehen. Niemand wird mich erkennen."

Karls Mutter färbt sich die Haare, also muss irgendwo Farbe sein. Wenn sie welche vorrätig hat. Im Bad finde ich eine Packung, aber sie enthält nur einen kläglichen Rest grünlichen Pulvers. Das reicht höchstens für ganz kurze Haare.
Ich schaue mich im Spiegel an. Meine dunkelbraunen Haare reichen mir bis zu den Schulterblättern. Kurz geschnitten und knallrot gefärbt würden sie mich zu einem anderen Menschen machen.
Im Spiegelschrank über dem Waschbecken finde ich ein Haarschneideset. Ich hole es heraus, betrachte mich noch einmal lange im Spiegel und seufze. Dann gehe ich mit der Schere zu Sahal ins Wohnzimmer.
Drei Stunden später schlendere ich betont lässig die Fidicinstraße entlang. Ich trage ein viel zu großes T-Shirt von Karl mit der Aufschrift *hausaufgaben gefährden meine gesundheit* und erkenne mich im Schaufenster der Primel fast nicht wieder. Ein fremdes Mädchen mit kurzen, sehr kurzen roten Haaren spiegelt sich im Fenster des kleinen Cafés. Dieses Mädchen kann in aller Seelenruhe in die Manfred-von-Richthofen-Straße marschieren und bei Superspar alle erforderlichen Zutaten für ein gigantisches Menü einkaufen. Ich glaube, mich würde nicht einmal meine eigene Mutter erkennen.

Sahal lässt mich jetzt nicht einmal mehr beim Kochen helfen. Ich darf ihm nur noch beim Abspülen assistieren. So schlecht war mein Kartoffelauflauf auch wieder nicht, finde ich und fläze mich auf das Sofa. Ich schalte den Fernseher ein und sehe Noemi Abel. Sie hat es also endlich ins Fernsehen geschafft. Mit ausgestellter Hüfte steht sie vor dem Eingang zur Markthalle, lächelt bezaubernd, schüttelt ihre Wallemähne und setzt dann eine künstlich besorgte Miene auf.

„Ich habe Juni da drin gesehen. Ich fand, sie sah irgendwie verwahrlost aus. Ich wusste ja bis gestern gar nicht, dass man nach ihr sucht. Sonst hätte ich sie aufgehalten und hätte mich auch längst bei der Polizei gemeldet", flötet sie ins Mikrofon und plustert ihren Schmollmund auf.

Äh, ist ja widerlich, denke ich und will schon ausschalten, als meine Mutter auf dem Bildschirm erscheint. Sie ist nachlässig frisiert, ihre Bluse ist falsch geknöpft und ihr Lippenstift ist ein wenig verrutscht. Wieso lassen die jemanden so vor die Kamera?, denke ich, als sie ohne Vorwarnung das Wort direkt an mich richtet.

„Junika, wenn du das siehst: Komm nach Hause. Wir alle machen uns große Sorgen um dich. Bitte melde dich."

Sie schluckt und kann nicht weitersprechen. Weint sie etwa?, frage ich mich und merke, wie ich mich auflöse und in tausend Gefühlen zu ertrinken drohe. Leise und heiße Tränen laufen mir die Wange und den Hals runter, ich schniefe verstohlen und wische mir mit Karls Shirt übers Gesicht.

Sahal steht in der Küche und ist in seine neuste kulinarische Erfindung vertieft. Zum Glück. Wenn er das gesehen hätte, würde er mich direkt zu ihr schicken. Ich gehe zum Telefon, stelle die Rufnummernunterdrückung ein und wähle.

„Alexander Anders", sagt Alex mit seiner dünnen Piepsstimme ins Telefon.

„Hi, Alex, hier ist Juni."

„Hallo, Juni. Wo bist du?", fragt er so unbekümmert, als hätte er jederzeit damit gerechnet, dass ich anrufe.

„Das kann ich nicht sagen. Aber es geht mir gut. Ich komme zurück, wenn mein Vater wieder hier ist. Sagst du das Mama? Und sag ihr, dass ich okay bin, ja?"

„Soll ich sie holen?", fragt er höflich.

„Bitte nicht. Sag es ihr einfach."

„Gut, wenn du willst. Ich werde es ihr ausrichten. Aber ich denke, es wäre besser, wenn du hierherkommen würdest. Tschüss, Junika."

Alex hat den Hörer aufgelegt, bevor ich noch etwas sagen kann. Er wird meiner Mutter Wort für Wort berichten, was ich ihm aufgetragen habe. Mein kleiner Bruder ist einfach zum Knutschen. Auch die nächste Nummer kenne ich auswendig. „Kieztrödel Anton", höre ich meine eigene Stimme auf dem Anrufbeantworter, denn Opa hat sie seit Ewigkeiten gespeichert „Unsere Öffnungszeiten sind montags bis freitags von zehn bis achtzehn Uhr und samstags bis dreizehn Uhr. Bitte sprechen Sie Nachrichten nach dem Piepton."

„Opa, hier ist Juni. Mir geht es gut. Mach dir keine Sorgen. Es gibt da was Wichtiges, was ich erledigen muss. Es ist einfach eine Notwendigkeit. Ich hab dich lieb, Opa", sage ich und mir geht auf, dass ich das noch nie gesagt habe, zu niemandem. Nicht zu meinem Opa und nicht zu meinem Vater und schon gar nicht, na ja, man kann es sich denken.

Und weil ich schon mal dabei bin, rufe ich Kaya an. Ihre neue Nummer steht auf einem winzigen Zettel in meiner Geldbörse. Irgendwie habe ich es nicht übers Herz gebracht, sie in meinen Kalender einzutragen. Das hätte so etwas Endgültiges, als wäre dadurch niedergeschrieben, dass sie nie mehr wiederkommt. Die Nummer ist kaum noch zu lesen, so oft habe ich den Zettel gefaltet.

Sahal werkelt noch immer in der Küche herum, er klappert mit Töpfen und irgendetwas zischt in der Pfanne. Trotzdem schließe ich mich ins Klo ein, wähle, und kaum dass das erste Freizeichen ertönt, wird abgehoben.

„Kaya Mayert?", höre ich ihre Stimme und fange augenblicklich an zu weinen.

Ich schluchze und schniefe so heftig, dass ich nicht hören kann, was sie sagt.

„Ich weiß nicht, was ich tun soll, Kaya, ich bin weggelaufen und ..."

„Wo bist du?", unterbricht sie mich.

„In Karls Wohnung."

„Karl? Welcher Karl?"

„Ich kenne ihn von früher. Er wohnt in Kreuzberg."

„Ah, ja, du hast mal von ihm erzählt. Du bist mal mit mir zu dem Haus gegangen, in dem dein Vater gewohnt hat, da hast du von dieser Dachkammer im Nachbarhaus und dem Jungen mit der Eisenbahn erzählt."

„Kann sein", wimmere ich.

„Welche Hausnummer war das noch mal?"

„Wir sind jetzt in der sechsundzwanzig", sage ich arglos.

„Und wie heißt der noch mal, der Junge?"

„Karl Erdmann."

„Juni, ich kann hier deine Nummer nicht sehen. Gib sie mir, ich will dich anrufen können. Wir können quatschen, wenn du willst, wenn du dich beruhigt hast, ich ruf dich an, ich will mit dir reden können, bitte."

„Okay", sage ich und suche nach der Nummer von Karls Festnetzanschluss. Ich finde sie auf der Basisstation im Flur. Sahal brutzelt noch immer in der Küche herum.

„Deine Mutter hat schon hier angerufen", sagt Kaya, als sie die Nummer hat.
„Hä, woher hat die deine Nummer?"
„Von der Schulsekretärin, die ist in den Ferien immer noch ein paar Tage in der Schule. Deine Mutter ist halb abgedreht. Du solltest bei ihr anrufen, nicht hier", tadelt mich Kaya.
„Ich hab gerade mit Alex telefoniert. Ich will nicht zu ihr gehen. Kaya, was soll ich nur machen?", heule ich wieder los.
„Was ist denn überhaupt los, wieso bist du abgehauen?"
„Ich …" Ich schlucke. Ich kann ihr nichts von Sahal erzählen. Ich darf es nicht. Ich will es nicht. Es ist so kompliziert geworden, dass ich es nicht mehr erklären kann, nicht jetzt.
„Ich kann dir nichts darüber erzählen …", sage ich und lege einfach auf. Und fange wieder an zu weinen. Ich kann gar nicht mehr aufhören zu weinen. Ich gehe ins Wohnzimmer und lege mich aufs Sofa. Sahal kommt und setzt sich neben mich. Sonst nichts. Er sitzt einfach nur neben mir. Eine ganze Weile. Und ich weine und weine.
„Ich habe gekochen", sagt er irgendwann.
„Ich habe gekocht."
„Nein, *ich* habe gekocht. Gott sei Dank habe du nicht gekocht", sagt er frech.
Essen ist wie Medizin. Jedenfalls das Essen von Sahal. Er hat ein Gericht aus Hähnchenschenkeln und Kartoffeln zubereitet, das schmeckt dermaßen gut, dass mir buchstäblich die Worte fehlen. Ungefähr eine halbe Stunde lang gebe ich außer „aah" und „mmmh" kein Wort von mir. Ich glaube, es liegt an den Gewürzen. Er hat die Schlegel einen halben Tag in einen Sud aus Zitronensaft, Olivenöl und Ingwer eingelegt und dann im Backofen gebraten. Und er muss irgendein Zaubermittel hinein-

gegeben haben, denn nach dem Essen geht es mir wieder besser. Viel besser. Ich lege mich auf Karls Bett und schlafe sofort ein.
Ich gehe mit dem Koffer in der Hand durch die Bergmannstraße. Ich bin müde und gehetzt und will den Koffer irgendwohin bringen. Ich muss ihn irgendwohin bringen, ich weiß nur nicht, wohin, weiß nur, dass er dringend an einen anderen Ort muss. Wenn ich diesen Ort nur kennen würde! Ich beeile mich, fange an zu laufen und stelle fest, dass ich wieder am Anfang der Bergmannstraße angekommen bin. Ganz am Anfang, dort, wo ich losgegangen bin, um den Koffer fortzubringen, weg von hier, weg von dort, wo ich bin. Wo bin ich? Dies ist nicht die Bergmannstraße, es ist eine fremde Straße in einer unbekannten Stadt, wo bin ich nur? Der Koffer ist schwer geworden, viel zu schwer für mich, und ich stelle ihn ab. Bleibe stehen und stelle ihn auf den Boden, lasse ihn los, aber der Koffer bleibt nicht stehen, löst sich nicht aus meiner Hand, er klebt an ihr. Wie schwer er geworden ist, steinschwer, tonnenschwer, und mein Arm schmerzt. Ich kann ihn nicht loswerden, den Koffer, er ist mit meiner Hand verwachsen, er ist zu einem Teil meines Armes, meiner Hand geworden und ich werde ihn bis an mein Lebensende mit mir herumschleppen. Ich fange wieder an zu laufen. Es ist ein verzweifelter, hoffnungsloser Lauf, weil ich weiß, dass ich nicht vorwärtskommen werde. Ich werde wieder an den Anfang zurückkehren. Trotzdem laufe ich immer schneller. Und wache auf.
Wie in Trance stehe ich auf, tappe im Dunkeln durch den Flur in die Küche und suche die Zutaten für einen Kakao zusammen. Ein heißer Kakao wird mir jetzt helfen. Er wird mich wärmen und trösten. Mir ist flau und kalt, ich habe etwas Schreckliches geträumt und weiß nicht mehr, was.

Die Milch ist heiß geworden, ich rühre das Kakaopulver hinein und rühre und rühre.

Mein Nacken fühlt sich an, als wäre er mit Stacheldraht umwickelt, auf meiner Wange hat sich ein schmerzhafter Abdruck des Teelöffels gebildet, der auf dem Tisch lag. Auf dem Küchenstuhl sitzend, mit dem Kopf auf dem Tisch, bin ich eingeschlafen, und als ich aufwache, steht die Tasse mit Kakao noch neben dem Buch über Aquarienpflege. Mit dem habe ich vergeblich versucht, mich wach zu halten. Ich wollte nicht mehr einschlafen, nicht mehr träumen. Vielleicht habe ich aber doch wieder geträumt, ich weiß es nicht, ich erinnere mich nicht.
Kaum habe ich meine verbogenen Gliedmaßen einigermaßen sortiert, steht Sahal neben mir. Ich sehe ihn an und bemerke, dass er sich verändert hat, seit ich ihm vor – vor wie langer Zeit? Hundert Jahren? – auf dem Friedhof begegnet bin. Er sieht aus, als wäre er von den Toten auferstanden, nachdem er lebend begraben war. Ich weiß plötzlich, dass ich es war, die ihn aus seiner Gruft geholt hat. Und ich weiß, dass das eine Notwendigkeit war. Aber jetzt bin ich müde. Ich bin müde und will nach Hause. Nur noch zwei Wochen, denke ich. Das muss irgendwie gehen.
„Hast du hier schlafen? Nein, geschlafen", will Sahal wissen und ich wundere mich schon nicht mehr darüber, wie rasant seine Fortschritte in Deutsch sind.
„Ja. Aus Versehen", antworte ich einsilbig und hoffe, dass er nicht nachfragt. Er tut es nicht.
„Bald kommt Karl. Wir müssen gehen", sagt er stattdessen. „Wir müssen finden andere Haus."
Ich lehne mich im Stuhl zurück. Ich will gar kein neues Versteck. Ich will, dass das hier ein Ende hat. Ich habe genug.

Das Telefon im Flur klingelt. Wir sehen uns an. Außer Karl hat nur ein-, zweimal jemand angerufen. Seine Stimme zu hören, wäre jetzt genau das, was ich brauche. Aber diesmal warte ich, bis sich der Anrufbeantworter einschaltet.
„Hallo, hier sind die Erdmanns. Wir sind nicht da. Bitte hinterlasst eine Nachricht nach dem Biep."
Bisher haben die Anrufer immer aufgelegt. Jetzt hören wir plötzlich Kayas Stimme.
„Juni, bist du da? Wenn du da bist, nimm bitte ab. Juni? Nimm ab, es ist dringend!"
Ich nehme ab.
„Ja?"
„Juni, ich habe ... es tut mir so leid, ich habe gerade deine Mutter angerufen."
„Was?"
„Ich habe ihr gesagt, wo du bist. Sie wird kommen, sie wird gleich kommen und ..."
„Kaya ..."
„Es tut mir leid. Sie hat sich solche Sorgen gemacht, als sie mich angerufen hat, und als du mich danach angerufen hast, hab ich einfach nicht mehr gewusst, was richtig ist, und irgendwie hab ich gedacht, es ist richtig, dass sie weiß, wo du bist, und deshalb hab ich dich nach deiner Adresse gefragt, und dann hab ich einen ganzen Tag überlegt und überlegt und jetzt habe ich sie gerade angerufen, und jetzt glaube ich, dass es doch nicht richtig war. Bitte sei mir nicht böse, Juni, ich weiß doch auch nicht ..."
„Ist schon okay", unterbreche ich sie, aber nichts ist okay. „Ist in Ordnung, Kaya. Danke, dass du mich gewarnt hast. Wann wollte sie kommen?"
„Jetzt gleich. Sie wird bestimmt gleich da sein ..."

Sahal steht die ganze Zeit neben mir.
„Wer ist das?"
„Warte", sage ich zu ihm. „Kaya, ich lege jetzt auf. Ich weiß noch nicht, was ich mache, aber ist schon in Ordnung."
„Okay", sagt Kaya.
„Okay", sage ich und lege auf.
„Meine Mutter kommt", sage ich zu Sahal und irgendwie begreift er, dass das keine gute Nachricht ist.
„Nicht gut?"
„Nicht gut."
„Deine Mutter wird nicht helfen."
„Nein, das wird sie sicher nicht."
Und da klingelt es auch schon. Ich gehe an die Wohnungstür und lausche. Sie muss noch unten vor dem Haus sein. Sahal holt den Schlüssel zur Dachkammer vom Haken und öffnet mit größter Umsicht die Tür: nur kein Geräusch machen. Vorsichtig späht er in den Flur. Es klingelt erneut.
Kurz darauf ist ein melodischer Gong zu hören. Das ist nicht Karls Klingel. Der Summer ertönt. Ich will Sahal zurückhalten, aber er reißt sich los und läuft die Treppe zur Dachkammer hinauf. Also schnappe ich mir den Wohnungsschlüssel, schließe so leise, wie ich kann, die Tür und laufe ihm auf Zehenspitzen hinterher.
Sahal hat schon die Hand auf der Türklinke zur Kammer, als wir hören, wie jemand die Treppe heraufkommt. Wir bleiben auf halber Treppe stehen, wagen kaum zu atmen.
Zwei Stockwerke tiefer wird eine Tür geöffnet.
„Wir wollen zu Familie Erdmann", höre ich die Stimme meiner Mutter.

„Das ist ein Stock höher. Aber soweit ich weiß, sind sie verreist", sagt eine Frau. Sie hört sich alt an. „Sicher bin ich mir allerdings nicht. Kürzlich war hier mal laute Musik, die hab sogar ich gehört. Ich höre schlecht, wissen Sie."
„Danke sehr. Wir werden einfach noch mal oben klingeln." Das ist die Stimme von Gerold. „Danke, dass Sie uns die Haustür geöffnet haben."
„Ich dachte eigentlich, es ist der Briefträger, ich erwarte ein Päckchen, neue Einlagen, wissen Sie, meine Füße …"
„Äh, ja, vielen Dank", sagt Gerold.
Die Tür wird geschlossen, die Treppenstufen knarren, in Karls Wohnung schrillt die Klingel. Einmal, zweimal und noch mal.
„Da ist niemand zu Hause", höre ich Gerolds Stimme. „Es ist absolut nichts zu hören in dieser Wohnung. Du hättest doch lieber vorher anrufen sollen."
„Damit sie gewarnt ist? Ich kenne diese Erdmanns nicht. Womöglich hätten sie ihr noch schnell eine Möglichkeit verschafft, woanders unterzukommen. Dass niemand öffnet, heißt noch lange nicht, dass sie nicht da ist. Ich verstehe das alles nicht, Gerold … Warum ist sie nur abgehauen?"
„Es ist ein schwieriges Alter, in dem sie steckt, Angelika …"
„Es muss aber doch einen Auslöser geben, so etwas geschieht doch nicht einfach so. Auch wenn ich es eigentlich nicht wollte, auch wenn ich ihr das ersparen wollte: Ich werde jetzt gehen und die Polizei bitten, diese Tür aufzubrechen. Die Behörden müssen jetzt endlich wieder handeln. Seit Juni angerufen hat, nehmen sie die Sache nicht mehr ernst genug. Das Kind muss jetzt einfach nach Hause kommen! Ich muss Gewissheit haben, dass es ihr gut geht."

Sie klingelt noch einmal, lange und stürmisch.

„Dann also eben die Polizei … Es ist so schrecklich, dass ich ihren Vater nicht erreiche. Er muss in einem tiefen Funkloch stecken."

Beide steigen schweigend die Treppen hinab. Als unten die Haustür ins Schloss fällt, hallt es wie ein Warnschuss laut durch das ganze Haus. Ich lasse mich auf den Boden sinken und fange wieder an zu atmen. Sahal setzt sich neben mich und sieht mich an. Er sagt nichts, aber in seinen Augen sehe ich tausend Fragen.

„Sie will die Polizei holen, Sahal."

Zehn

Mit den Schminksachen von Karls Mutter habe ich mir die Lippen rot angemalt und meine Augen schwarz umrandet. Zusammen mit den roten Haaren ist das hoffentlich Tarnung genug. Ich gehe zu Fuß die Möckernstraße entlang, mit Bus oder Bahn ist es mir einfach zu riskant, denn da sind so viele Leute, die einen in Ruhe betrachten können. Womöglich erkennt mich dann doch jemand.

Von der Möckernstraße gibt es einen breiten Zugang zu einem nagelneuen Park auf dem ehemaligen Gleisdreiecksgelände. Das Gelände war lange Zeit vergessen. Als es sie noch gab, hat es zur DDR gehört. Damals fuhr dort nur die S-Bahn und die gehörte zu Ostberlin. Und weil sich um dieses Gebiet keiner gekümmert hat, war es ziemlich verwildert. Dort bin ich oft mit meinem Vater herumgestreunt. Wir haben Igel beobachtet und Hagebutten gepflückt, im Herbst gab es Fliegenpilze und im Winter konnte man Schnee aufhäufen und Höhlen hineingraben. Ein Teil des Geländes ist inzwischen bebaut und zu einem Park umgewandelt, aber bestimmt gibt es noch diese ganzen unentdeckten Ruinen zwischen den stillgelegten Gleisen. Verborgen zwischen unzähligen jungen Birken und dichtem Gestrüpp, rotteten sie ihrem heimlichen Verfall entgegen. Sie sahen so unheimlich aus, dass ich mich selbst dann nicht hineingetraut hätte, wenn es erlaubt gewesen wäre. Ich dachte immer, da wohnen böse Geister, Trolle und Orks drin. Jetzt muss ich diese Gebäude nur noch finden, denn dort werden Sahal und ich uns verstecken.

Die Erinnerung an die Zeit mit meinem Vater hier auf dem Gelände versetzt mich in eine seltsam aufgewühlte und euphorische Stimmung. Das hier ist ein Abenteuer. Ein spannendes Abenteuer in den großen Ferien. Und ich bin die Heldin.

Nachdem meine Mutter verschwunden ist, haben wir erst noch ewig in der Dachkammer gehockt und darauf gewartet, dass die Polizei ins Haus kommt. Sie ist nicht gekommen. Nicht an diesem Tag und nicht in der Nacht, die wir vorsichtshalber in der Kammer verbracht haben, bevor wir uns wieder in Karls Wohnung wagten.

Ich stelle mir meine Mutter bei der Polizei vor. Ich stelle mir vor, wie sie der Streberpolizistin gegenübersteht und wie die Streberin sie abblitzen lässt. Eiskalt und sich ihrer Macht bewusst, lässt sie meine Mutter auflaufen und versichert ihr, dass sich der Staatsanwalt darum kümmern wird oder sonst wer, und ganz bestimmt ist meine Mutter stinksauer, weil sie nichts ausrichten kann. Nein, natürlich ist sie völlig fertig und das tut mir so leid, dass ich den Gedanken daran verdränge und sie mir lieber aufgebracht und unsympathisch hysterisch vorstelle, das kann ich besser ertragen ...

Sahal will auf keinen Fall länger in der Wohnung bleiben, ständig hat er Angst, dass die Polizei doch noch kommt. Aber wenn er rausgeht, hat er genauso viel Angst, schließlich wurde er ja schon einmal hier in der Gegend entdeckt. Deshalb bin ich al-

leine vorgegangen und steige über Geländer, schlüpfe durch Löcher in Zäunen und kämpfe mich durchs Gebüsch.
Ich muss über eine niedrige Mauer klettern, bevor ich zu einer Art Lagerhalle komme, an der entlang ich mich immer weiter in das Gelände hineinwage. Hier scheint kein Mensch unterwegs zu sein und das ist auch gut so. Am Ende der Lagerhalle beginnt eine Wildnis aus Bäumen und Büschen, durch die ich mich im Zickzackkurs schlängeln muss, wobei ich mir mehr als einmal fette Kratzer von irgendwelchen Dornengewächsen hole. Endlich wird das Ganze lichter und ich komme schneller voran. Leider war bisher nichts zu sehen, was auch nur annähernd ein Versteck abgeben könnte, also gehe ich einfach immer weiter in dieselbe Richtung. Schließlich gerate ich an Gleise.
Dass hier schon seit ewigen Zeiten kein Zug mehr gefahren ist, sieht ein Blinder. Die Schienen sind verrostet und zwischen den Schwellen wuchern niedrige, silbergrüne Pflanzen mit dicken pelzigen Blättern und irgendwelches Mooszeugs. Schwer in meine naturkundlichen Betrachtungen vertieft, bemerke ich den riesigen Hund erst, als er direkt vor mir steht. Es ist eine von diesen geifernden, schwanzlosen Bestien, wegen denen man freiwillig auf die andere Straßenseite wechselt, weil man ihnen nicht zu nahe kommen will. Leider gibt es hier keine andere Straßenseite und ich bin dem Hund schon sehr, sehr nahe. Oder er mir.
„Hallo, Hund", sage ich.
Er fängt an zu knurren.
„Scheißköter, zieh Leine!", schreie ich. Da hört er auf zu knurren. Dafür macht er einen Schritt auf mich zu.
Mein Vater hat eine DVD zu Hause, irgendso ein ziemlich langweiliger Film, den haben wir zusammen mal an einem verregneten Sonntagnachmittag angesehen. Ganz zu Beginn trifft da

ein Besoffener mitten in der Nacht auf einen Hund und steht genauso perplex vor ihm wie ich jetzt. Ich glaube, es ist derselbe Hund. Der Besoffene hatte Schnaps dabei und den hat er auf den Bürgersteig gegossen und der Köter hat ihn aufgeschlabbert. Ich habe überhaupt nichts dabei. Nicht einmal das kleinste Krümelchen von irgendetwas und ich bin leider auch in keinem Film und ich weiß überhaupt nicht, was ich machen soll, denn jetzt macht der Hund noch einen Schritt auf mich zu und dann noch einen. Und er knurrt wieder.

„Hau bloß ab, du blödes Vieh!", kreische ich.

Der Hund setzt zum Sprung an. Er springt.

Eigentlich müsste jetzt ein tapferer Retter kommen oder der Besitzer der Bestie oder wenigstens eine Werbepause, stattdessen werde ich von dem Hund umgerissen und bleibe hilflos auf dem Rücken liegen. Gleich wird er mich zerfleischen, denke ich. Aber der Hund hat andere Pläne. Völlig gelassen stellt er eine Pfote auf meinen Brustkorb, weiter geschieht nichts, wenn man davon absieht, dass schaumiger Geifer aus seinem stinkenden Maul auf mein T-Shirt tropft. Der Hund scheint auf etwas zu warten. Und plötzlich spitzt er die Ohren. Er hört etwas, was ich nicht höre, vielleicht eine dieser für Menschen unhörbaren Hundepfeifen, egal, er wirft mir einen letzten Blick zu und ich meine, darin ein gewisses Bedauern zu erkennen, dann hetzt er davon.

Ich liege noch immer auf dem Rücken wie ein umgekippter Käfer und kann nicht so recht glauben, was da gerade passiert ist. Vielleicht habe ich das jetzt eben geträumt, vielleicht ist aber auch alles nur ein Traum, das ganze Leben und überhaupt, und bevor ich völlig abdrehe, taste ich nach dem Sabber von dem Köter auf meinem Shirt, und da weiß ich wieder, was los ist. Wenn du nicht mehr weißt, was Wirklichkeit und was Traum ist, lass dich von einem Köter vollsabbern.

Ich liege da und lausche. Und höre Vogelgezwitscher, das Rascheln von Blättern und im Hintergrund das Geräusch, das eine Stadt macht. So eine Art rauschendes Brummen. Von dem Hund ist nichts mehr zu hören. Also rapple ich mich auf, nehme meinen ganzen Mut zusammen und mache mich weiter auf die Suche nach einem Versteck. Ich bin eine Heldin, eine umsichtige und kluge Heldin, und deshalb achte ich auch auf jeden Schritt, den ich tue, um nicht wieder von unliebsamen Überraschungen überwältigt zu werden. Allerdings habe ich mir mein Heldinnendasein nicht so kompliziert vorgestellt. Meinen Weg setze ich jetzt auf den Gleisen fort. Schritt für Schritt arbeite ich mich auf den Schwellen vorwärts, höre lauter werdenden Autolärm und plötzlich stehe ich vor einem weiteren Zaun. Er ist so ein ganz stabiles Ding mit ellenlangen, eng stehenden senkrechten Stäben und macht einen abweisenden, fast hämischen Eindruck. Er versperrt den Zugang zu einer wenig vertrauenerweckenden Brücke, fünf Meter unter dem Zaun tost der Verkehr. Ich könnte mich daran vorbeihangeln, aber dafür müsste ich wahnsinnig sein, denn die Brücke ist so schmal, dass es seitlich des Zauns keinen festen Boden mehr gibt. Hier geht es nicht weiter. Ich will schon umdrehen und zurück zu Karls Wohnung gehen, aber ... ich kann nicht. Ich kann nicht einfach aufgeben, zurückgehen, mich vor den Fernseher setzen und warten, bis meine Mutter die Polizei so bearbeitet hat, dass sie doch noch in Karls Wohnung einbricht. Ich brauche eine Lösung. Sahal braucht eine Lösung. Und auf einmal kriege ich eine Ahnung davon, was es für Sahal bedeutet, auf der Flucht zu sein.

Ich kriege eine Ahnung davon, wie es für ihn gewesen sein muss, sich ständig zu verstecken, niemandem vertrauen zu können, Angst zu haben, verraten zu werden, keine dauerhafte Bleibe zu haben. Und im Unterschied zu mir hatte er dabei niemanden, auf den er warten konnte. Keinen Vater, auf den er hoffen konnte, denn sein Vater ist tot und seine Mutter ist Tausende von Kilometern weit weg. Er war so lange in fremden Ländern unterwegs, deren Sprache er nicht spricht, und jetzt ist er hier, am Ziel seiner Reise, und er ist noch immer nicht sicher. Er ist noch immer ein Gejagter und ein Verfolgter und auf der Flucht. Und während ich weiß, dass mein Vater mich niemals im Stich lassen wird, und während ich in das schöne Häuschen in Caputh und zu Frau Spicker mit ihren Aufläufen und Kuchen zurückkehren werde, egal wie das hier ausgeht, hat Sahal keine Familie und kein Zuhause und weiß nicht einmal, ob er hierbleiben darf. Er hat nur seine Hoffnung und die Angst, die ihn immer begleitet. Und jetzt hat er auch mich. Und deshalb muss es hier einen Weg über diese Brücke zur anderen Seite hinüber geben.
Und ich muss ihn finden, verdammt!
Ich halte mich am seitlichen Ende des Zaunes fest, unter mir rauscht der Feierabendverkehr, ich stelle mich auf eine der Querstreben und schwinge mich mit aller Kraft hinüber. Einen Moment lang hängt mein Hintern über dem Abgrund, krampfhaft klammere ich mich an den Stäben fest und schaue nicht hinunter, höre, wie der Verkehr unter mir tost, mein Schwung reicht gerade, um mich hinüberzuwuchten. Ein beherzter Schritt und ich stehe auf der baufälligen Brücke. Auf der anderen Seite kann ich ein Gebäude erahnen, das vor lauter Gestrüpp und Bäumen nur schwer zu sehen ist. Das wäre doch was! Aber die Brücke ist

mir nicht geheuer. Soll ich da wirklich hinübergehen? Wird sie mein Gewicht aushalten?

Vorsichtig mache ich einen Schritt auf die erste Schwelle der Brücke. Also, wenn diese Brücke stabil genug ist, um Schienen und Schwellen zu tragen, dann trägt sie auch noch mich! Hoffe ich ... Ich mache den nächsten Schritt. Und den nächsten. Und fange erst wieder an zu atmen, als meine Füße auf festem Boden stehen.

Das Gebäude ist ziemlich verfallen. Es gibt nicht einmal ein Dach. Enttäuscht setze ich meine Suche fort, aber jetzt verlasse ich die Gleise und wage mich ins Gebüsch. Schon nach kurzer Zeit stehe ich vor dem dritten Zaun für heute. Er wurde aus Zweigen und Ästen geflochten und begrenzt freundlich und harmlos einen kleinen, verwilderten Garten. Zwischen zwei Bäumen wurde eine Lücke frei gelassen und mitten im Garten steht ein kleines Steingebäude. Ich gehe durch die Zaunlücke und bleibe erst einmal stehen.

Was, wenn hier der Hund wohnt? Zusammen mit seinem abartigen Besitzer? Und die beiden warten nur darauf, dass ein Dummkopf wie ich hier auftaucht, um ...

Okay, hier wohnt niemand mehr. Alles ist überwuchert von Gestrüpp, eine Birke hat sich durch das baufällige Haus gebohrt und einen Teil des Dachs abgedeckt. Aber der Rest des Dachs sieht noch ganz gut aus. Es gibt keine Tür, also spaziere ich frohgemut in das Innere. Dort finde ich zuerst nur einen Müllhaufen aus leeren Dosen, Flaschen, Zigarettenkippen und Aschehaufen. Es gibt auch eine recht intakte Treppe und diese Treppe führt in einen ganz passablen Raum hinauf. Die Fenster sind herausgebrochen und im hinteren Teil hat die Birke gewütet, aber dort, wo ich stehe, scheint es stabil und sicher zu sein. Irgendwo höre ich eine S-Bahn fahren. Ein besseres Versteck werde ich heute nicht finden. Sahal wartet sicher schon lange auf mich.

Auf dem Rückweg die Möckernstraße entlang frage ich mich, ob Sahal wirklich auf mich wartet. Wenn ich recht darüber nachdenke, scheint er nie auf etwas zu warten. Während ich die Rückkehr meines Vaters herbeisehne, lebt er nur von einem Augenblick zum nächsten. Wenn ich da bin, ist es okay, und wenn ich weine, tröstet er mich, und wenn es Hähnchenschenkel gibt, legt er sie ein und kocht sie, und wenn es nur Mehl und Wasser gibt, macht er einen Teig, und wenn es gar nichts gäbe, würde er vermutlich auch das hinnehmen, bis es wieder etwas gibt. Klar, worauf soll er auch warten, worauf hoffen in diesem fremden Land, aus dem er vielleicht wieder ausgewiesen wird? Er sagt, er hat immer Angst, aber er lebt mit dieser Angst, als wäre sie ein wilder Wolf, den er gezähmt hat und an einer langen Leine mit sich herumführt.

Ich kann nicht sagen, wieso ich es tue, aber ich schleiche mich erst einmal an Karls Wohnung vorbei und steige leise die Treppe zum Dachboden hinauf. Die kleine Kammer lasse ich links liegen und öffne die Tür zu dem riesigen, leeren Raum. Ich muss endlich Bescheid wissen. Ich muss endlich wissen, was in diesem Koffer ist.
Ich stehe in der Mitte des Dachbodens und drehe mich einmal um meine eigene Achse. Wo würde ich einen Koffer verstecken? Mein Blick schweift über das Dachgebälk. Schon einmal hat Sahal ja den Koffer hoch über seinem Kopf versteckt, unten in der Gruft. Ich gehe durch den ganzen Dachboden und durchforste mit meinen Augen die Balken, die sich kreuz und quer darüberspannen, zum Glück gibt es hier kein ekliges Spinnenzeug

wie in der Gruft. Die einzige Glühbirne beleuchtet den großen Raum nur dürftig. Zwei Schornsteine befinden sich jeweils am Eingang und an der hinteren Backsteinwand. Ich umkreise beide – und tatsächlich: Dort, wo der große Balken dicht an dem einen Schornstein entlang verläuft, klemmt etwas, das ein Koffer sein könnte. Aber es ist zu schummrig, um Genaueres zu erkennen. Außerdem klemmt er so hoch über mir, dass ich, selbst wenn ich mich auf die Zehen stelle und meinen Arm ausstrecke, nur die untere Kante des Balkens erreiche. Wie hat Sahal bloß das Teil da hochgebracht? Noch einmal durchsuche ich den ganzen Dachboden nach etwas, mit dem ich an den Koffer herankommen kann.

In den meisten Geschichten, in denen ein Dachboden vorkommt, ist er vollgestopft mit alten Schränken und Truhen voller Hutschachteln, Federboas und Spielsachen, mit Schaukelpferden und Schaufensterpuppen, die einem entgegenfallen und einen zu Tode erschrecken, wenn man einen falschen Schritt macht. In diesem Dachboden hier gibt es nicht einmal eine kleine Maus, die mir über die Schuhe läuft.

Aber es gibt eine lange Holzlatte, die in der finstersten hintersten Ecke am zweiten Kamin lehnt! Mehr brauche ich nicht. Mit ihr stochere ich nach dem Objekt auf dem Balken, das der Koffer sein könnte.

Und er ist es! Er löst sich, und während er fällt, überschlägt er sich in der Luft, öffnet sich dabei und poltert auf den Holzboden. Jetzt liegt er offen vor mir. Bündel von Papieren und kleinen blauen Büchlein sind herausgefallen, einzelne Zettel flattern noch zu Boden, die ich erst für Geldscheine halte, ich stehe auf und versuche sie zu erhaschen wie Schmetterlinge. Aber es sind

nur Fetzen aus festem rosa, grünem und blauem, unbedrucktem Papier. Da hat jemand Teile der Papiere einfach zerrissen.
Ich gehe in die Hocke und greife mir eines der blauen Büchlein. Die obere Schriftzeile darauf sieht arabisch aus, die unteren lauten: Syrian Arab Republic – Republique Arabe Syrienne – PASSPORT.
Es ist ein Reisepass aus Syrien. Ich schlage ihn auf und sehe die Fotografie eines hellhäutigen Mannes mit dunklen Augen und ernstem Blick. Ein zweiter Pass zeigt einen ängstlich aussehenden Jungen und ein dritter eine freundlich dreinschauende junge Frau mit Kopftuch. Ich sehe die anderen Unterlagen durch. Sie sind aus festem Papier, rosa und grün, „Aussetzung der Abschiebung (Duldung)", steht darauf und „Aufenthaltserlaubnis" in Rosa und Hellblau. Andere tragen die Aufschrift „Niederlassungserlaubnis". Manche sind mit Foto, andere nicht.
Und jetzt? Bevor ich mir überlegen kann, was das alles bedeutet, wird die Tür zum Dachboden geöffnet. Hastig raffe ich die Pässe und Scheine zusammen und stopfe sie zurück in den Koffer, den ich zuklappe.
Sahal kommt auf mich zu, schaut mich an, schaut den Koffer an, öffnet ihn und holt, ohne ein Wort zu sagen, einige der Papiere heraus. Wütend hält er sie mir vor die Nase.
„Diese Passe und diese Papiere sind für Verkaufen. Erst kaufen, dann verkaufen. Und andere Passe sind gestohlen. Und andere Papiere sind falsche Papiere. Dieses ist alles illegal. Ich habe diese Koffer gestohlen von mein Freund. Er soll nicht machen illegale Dinge. Du sollst das nicht wissen. Aber jetzt weißt du. Warum? Besser nicht wissen. Wissen ist vielleicht sterben."
Ich verstehe nicht ganz, was er meint. Aber er meint es sehr ernst. Er ist richtig sauer. Stinkwütend ist er und er wirft die Pässe und

Dokumente zurück in den Koffer, klappt ihn zu, gibt ihm einen Tritt und geht.

Wissen ist vielleicht sterben. Aber was weiß ich schon? Ich weiß jetzt, das das hier gestohlene, gekaufte und gefälschte Papiere sind. Ich weiß, dass Sahal sie seinem eigenen Freund geklaut hat. Ich weiß jetzt, dass dieses bisschen Wissen tödlich sein kann. Vielleicht. Aber warum?

Noch einmal nehme ich mir den Koffer vor, ich sehe in jede Ritze und taste in jede Innen- und Außentasche und finde nichts anderes. Vor allem finde ich kein Geld. Irgendwie beruhigt mich das. Kein Geld ist gut, Sahal hat doch nicht so viel Geld bei sich, wie ich befürchtet hatte. Nur diese bunten Dokumente und die syrischen Pässe und die fünfhundert Euro. Also scheint er doch selbst kein Dieb zu sein!

Ich schiebe den Koffer unter die Matratze in der kleinen Dachkammer. Kein besonders tolles Versteck, aber zu mehr bin ich gerade nicht in der Lage. Dann gehe ich runter in die Wohnung. Sahal sitzt wie so oft in letzter Zeit vor Karls Laptop. Meistens hört er sich Musik an oder liest Nachrichten aus Somalia oder beides zugleich.

„Sahal." Er dreht sich genervt auf dem Schreibtischstuhl zu mir herum, sieht aber an mir vorbei. „Was ist mit diesen ganzen Dokumenten im Koffer? Ich verstehe es nicht."

„Ich weiß."

„Erkläre es mir."

„Es ist zu schwer, dass ich es erkläre."

„Versuch es. Bitte."

Sahal dreht sich zum Fenster und sieht hinaus. Ich stehe da wie bestellt und nicht abgeholt. Ich warte. Ich kann nicht gut warten. „Sahal?"

Er hebt resigniert die Schultern, dreht sich endlich wieder um und sieht mich mit einem undefinierbaren Funkeln in seinen Augen an.

„Viele Menschen haben kein Asyl. Sie stellen Antrag, sie warten, sie bekommen Ablehnung. Sie müssen zurückgehen. Nach Tunesien oder Maroc oder nach Afghanistan oder Iran oder Kosovo oder Pakistan. Aber ist nicht möglich zurückgehen", fängt er an und klingt wütend.

„Was bist du jetzt so sauer?", frage ich leise, aber er wirft mir einen dieser Blicke zu, die einen sofort zum Schweigen bringen. „Ein Flüchtling kann nicht zurückgehen zu Familie. Er *kann* nicht zurückgehen! Zurück ist die Familie und diese Familie hat vielleicht viel Geld geben für Flucht. Sehr viel Geld. Und sie will dieses Geld wiederhaben."

„Und wenn sie abgeschoben werden, können die Flüchtlinge das Geld nicht zurückzahlen."

„Ja. Andere Flüchtlinge können nicht zurückgehen, weil sie getotet werden. Oder sie müssen zu Gefängnis gehen, weil sie haben Politik gemacht. Weil sie haben etwas gegen Regierung gemacht. Oder sie können nicht zurückgehen, weil es gibt keine Arbeit, kein Essen."

„Und was wirst *du* tun, wenn dein Antrag abgelehnt wird?"

„Ich gehe zu Hamburg. Ich kenne ein Mann in Hamburg. Er ist zuerst in Wohnheim hier in Berlin, dann geht er zu Hamburg. Er ist sehr gut mit mir. Er kann mir vielleicht helfen. Vielleicht ich bekomme Duldung. Wenn ich bekomme Duldung, ich gehe zu Hamburg."

„Was bedeutet Duldung?"

„Duldung ist, wenn Asyl abgelehnt und Flüchtling nicht zurückgeht, weil er hat kein Pass. Aber mit Duldung kann er nicht

arbeiten oder in Schule gehen. Er bekommt kein Geld. Er kann nicht zu Arzt gehen. Viele, viele Jahre."
„Und was ist mit diesen syrischen Pässen?"
Sahal überlegt. Ich kann fast hören, wie es in seinem Kopf rattert.
„In Deutschland und in andere Land in Europe es ist sehr schwer, Asyl zu bekommen. Wenn du kommst von Maroc oder Algerien, du bekommst kein Asyl. Wenn du kommst von Syria, es ist ganz einfach. Deshalb kaufen viele Leute ein Pass von Syria. Sie sprechen auch Arabisch wie ein Mann von Syria. In Unterkunft, wo ich wohne mit mein Freund, kommt immer ein Mann, er hat Passe und Papiere und Dokumente und er verkauft diese. Mit diese Dokumente kann ein Flüchtling vielleicht bleiben."
„Und du hast diesen Koffer einfach deinem Freund weggenommen?"
„Ja. Mein Freund macht viele schlechte Sachen. Er arbeitet für ein Mann, er will Geld verdienen, um zu schicken zu seiner Familie."
„Was arbeitet er genau für diesen Mann?"
„Stehlen. Verkaufen. Kaufen. Dokumente und Passe. Er verkauft das alles für diese Mann an Flüchtling. Aber viele Dokumente sind falsch. Nichts wert."
„Wissen das die anderen Flüchtlinge?"
„Viele wissen nicht. Sie sind ..." Er fuchtelt mit der Hand.
„Die Flüchtlinge werden betrogen?"
„Ja, betrogen! Andere Flüchtlinge arbeiten auch für diesen Mann, sie verkaufen Haschisch. In Park. In Hasenheide."
„In der Hasenheide? Davon habe ich gehört." Die Hasenheide ist nur einen Katzensprung entfernt. Jetzt wird mir klar, wie Sahal in diese Gegend geraten ist. Er hat seinen Freund begleitet.

„Mein Freund will …", er sucht nach Worten. „Mein Freund sagt mir sehr böse, ich muss auch verkaufen. Haschisch und Dokumente. Ich soll auch Geld bekommen. Ich soll gehen mit ihm. Ich sage Nein. Ich stehle nicht. Ich bin nicht gut für verkaufen Haschisch, ich habe zu viel Angst. Ich denke, Polizei kommt und mein Freund muss zu Gefängnis gehen. Ich bin böse mit mein Freund. Ich bin dumm. Ich stehle diesen Koffer. Ich finde Dokumente und dann finde ich Geld. Fünfhundert Euro. Ich habe sehr Angst. Ich gehe zu Friedhof."

Allmählich kapiere auch ich, was da vor sich geht … Ich begreife, dass Sahal in Gefahr ist. Er hat sich mit Kriminellen angelegt. Sie verfolgen ihn, sie wollen den Koffer und sie wollen verhindern, dass er damit zur Polizei geht oder irgendjemandem von der Sache erzählt. Deshalb wollte er sein Wissen auch für sich behalten. Um mich zu schützen. Und ich Dummie habe keine Ruhe gegeben, bis ich alles wusste. Und jetzt stecke ich mittendrin.

Ich sitze am Fenster in Karls Wohnung. Es ist schon halb elf, draußen brennen bereits die Straßenlaternen. Sie sind nicht besonders hell, Berlin muss sparen. Auch hier drinnen ist es dunkel. Wir versuchen, keinen Lärm zu machen, und lassen das Licht aus. Keiner soll jetzt noch auf den Gedanken kommen, dass sich in dieser Wohnung jemand aufhält. Sahal hatte die grandiose Idee, ein Taxi zu rufen. Zu Fuß könnten uns viel zu viele Menschen sehen und erkennen. Klar, auch das Taxi ist riskant. Wenn mich der Taxifahrer von den Fernsehbildern erkennt, sind wir geliefert.

Sahal wollte wissen, was ich mit dem Koffer gemacht habe. Er ist auf den Dachboden gegangen. Keine Ahnung, was er jetzt damit gemacht hat. Ich frage ihn nicht, als er zurückkommt. Ich will es nicht wissen. Ich weiß schon viel zu viel.

Sahal streut den Fischen gerade eine Extraportion Spezialfutter ins dunkle Aquarium, als ein blassgelber Mercedes vor dem Haus hält.

„Das Taxi ist da!", sage ich. Hastig lege ich einen Zettel unter Karls Kopfkissen.

So gut ich konnte, habe ich ihm auf dem Zettel den Weg zu dem verfallenen Gebäude beschrieben. Karl wird morgen zurückkommen. Es wäre toll, wenn er uns dort besucht. Vielleicht könnten wir ein paar Tage zusammen Spaß haben, mit Karl kann man bestimmt viel Spaß haben. Ganz, ganz tief drinnen ahne ich allerdings, dass es in dieser Ruine ganz sicher nicht spaßig wird ...

Wir packen unsere Tüten mit Lebensmitteln und zwei Decken aus der Dachkammer und verlassen Karls Wohnung.

Eine sehr blonde Frau sitzt am Steuer des Taxis. Sahal steigt gleich vorne ein. Ich setze mich so auf den Rücksitz, dass sie mich im Rückspiegel nicht sehen kann.

„Möckernstraße Ecke Yorckstraße", sage ich.

„Na, 'ne Weltreise wird det ja nich jerade, aber is vernünftig, um die Uhrzeit mittem Taxi zu fahrn. Habter det jehört mit dem verschwundenen Mädel? Furchtbar, wa?"

Ich nicke eifrig, Sahal kann auch ganz schön eifrig nicken.

„Also, meene Tochter, die is so in eurem Alter, die darf jetze ab neune abends ooch nur noch mittem Taxi raus. Jeht zwar janz schön ins Geld, aber det isset mir wert. Ick meene, so um die Ecke zu 'ner Freundin, det is keen Problem, aber allet, wat weiter weg ist, da muss denn Muttern ran. Kommt ja nich oft vor, eijentlich fast nie, die is 'ne echte Stubenhockerin, aber ick meine, wenn se mal nachts wegwollen tät. Wo wollt ihr denn hin?"

„Freunde besuchen", sage ich wortkarg.

„Na ja, sind ja Ferien, da darf et ooch mal später wer'n." Sie wirft einen Blick auf ihre Uhr.

„Obwohl, fast elfe, det is ja schon janz schön spät, da wär et bei meener Kleenen schon zappenduster. Na ja, die Menschen sind verschieden."

Sie mustert erst Sahal, und weil sie mich im Rückspiegel nicht richtig erkennen kann, dreht sie sich an der nächsten roten Ampel um und betrachtet mich eingehend. Ich versuche krampfhaft, nicht wie ich auszusehen. Offenbar gelingt es mir.

„Ist er dein Freund?", fragt sie neugierig.

„Mein Bruder. Er ist adoptiert", sage ich schnell. „Er kommt aus Afrika."

Das war der Einfall des Jahrhunderts. Beim Stichwort Afrika fängt sie wieder an zu quasseln und hört nicht mehr auf.

„Afrika! Det issen armet Land, da spende ick immer an Weihnachten wat hin, hoffe bloß, det et ankommt un nich in irjendwelche dunklen Kanäle versickert, verstehter."

„Ich glaube, wir sind da."

Wenn ich nicht aufgepasst hätte, wäre sie wohl noch durch ganz Berlin gedüst und hätte uns vollgequatscht. Sahal bezahlt und wir sehen zu, dass wir schnell verschwinden. Wir schlüpfen durch das Loch im Zaun und gehen eilig in das Gelände hinein. Rechts von uns sind die Lagerhallen. Ihnen folgen wir und dann ... Na ja, dann werden wir sehen. Oder eben nicht sehen, denn es ist stockdunkel auf dem Parkgelände.

Immerhin habe ich in Karls Nachttisch eine ramponierte, aber funktionstüchtige Taschenlampe gefunden. Sahal knipst sie an

und hängt sich die Tüte mit den Lebensmitteln über die Schulter. Ich packe die Decken fester unter meinen Arm. Sie rutschen bei jedem Schritt. Das wird ein ganz schönes Geschleppe werden!
„Wo muss ich gehen?", fragt Sahal, nachdem wir die Hallen hinter uns gelassen haben. Er gibt mir die Lampe.
„Hier lang", sage ich zuversichtlicher, als ich bin, denn in Wahrheit habe ich keine Ahnung, wo wir sind. Der Kegel der Taschenlampe zeigt immer nur einen winzigen Ausschnitt der Umgebung. Die Richtung stimmt ungefähr. Hoffe ich wenigstens. Zweige peitschen mir ins Gesicht, als wir uns durch das Gestrüpp kämpfen. Plötzlich ist ein lautes Knacken zu hören. Wie vom Donner gerührt bleibe ich stehen und lausche angespannt in die Dunkelheit. Es wispert und raschelt von allen Seiten, dann knackt es laut.
Der Hund!, schießt es mir durch den Kopf. Gleich wird er aus dem Gebüsch springen. Panisch fasse ich nach Sahals Arm.
„Kein Problem", sagt Sahal. Er tastet um seine Füße herum und hält etwas hoch. Im Schein der Taschenlampe erkenne ich die beiden Teile eines zerbrochenen Astes. Ich fange an zu kichern und kann nicht mehr aufhören.
„Psssst!", zischt Sahal.
„Okay", kichere ich. „Okay!"
Leise glucksend tappe ich vorwärts und Sahal folgt mir, als wüsste ich den Weg. Diese schöne, beruhigende Illusion kann ich so lange aufrechterhalten, bis ich mehr zufällig als gewollt mit dem Fuß gegen eine Schiene stoße. Endlich.
Wenn man eine Zeit lang auf Gleisen geht, gewöhnt man sich an den komischen Abstand zwischen den Schwellen, selbst ein Blinder findet so seinen Weg. Ich habe die Taschenlampe ausgeschaltet, um Batterie zu sparen. Schwelle für Schwelle kommen

wir unserem Ziel näher. Von Weitem höre ich den Verkehr unter den Yorckbrücken.
„Wir sind gleich da."
Sahal geht neben mir, er zögert keine Sekunde. Er vertraut mir voll, er vertraut mir, als ich mich mit demselben abenteuerlichen Manöver wie am Vormittag am Zaun vorbeihangle (und dabei beinahe die Decken verliere), vertraut auf die Stabilität der Schienen. Und sein Vertrauen macht auch mir Mut, einen Augenblick lang fühle ich mich stark und mutig. Ich führe Sahal wieder ins Gebüsch hinein. Irgendwo hier muss das Gebäude sein, es war nicht weit von den Brücken entfernt. Orientierungslos irren wir durch das Dickicht, mein Mut ist jäh verflogen. Bei jedem Geräusch zucke ich zusammen. Diesmal ist ein ganz komisches Schnaufen zu hören, ganz sicher der Hund. Oder war es Sahal? Oder gar mein eigener Atem? Ich bleibe stehen und horche.
„Du hast Angst?", will Sahal wissen.
„Nein, da war nur so ein Geräusch", lüge ich. Ich lasse den Lichtkegel meiner Taschenlampe kreisen, um mehr zu sehen. „Der Weidenzaun! Hier ist es!", flüstere ich erleichtert.
Skeptisch nähere ich mich dem verfallenen Haus. Was wir in der Dunkelheit davon erkennen können, sieht unheimlich aus. Wie bin ich nur auf die Idee gekommen, es könnte ein gutes Versteck sein? Was, wenn schon irgendjemand darin übernachtet? Zum Beispiel gewalttätige Besoffene? Oder geifernde Bestien?
Sahal ignoriert mein Zögern, nimmt die Taschenlampe und geht in das Haus hinein. Durch das kaputte Fenster sehe ich die Lampe aufleuchten. Er durchsucht das Erdgeschoss und steigt dann die Treppe hoch. Ich folge ihm. Ich kann ihn doch nicht alleine da drinlassen!

„Ist okay hier", sagt Sahal, als ich die Treppe hochkomme. Er leuchtet jede Ecke des Raumes aus. Es ist nichts Verdächtiges zu sehen. Erleichtert breite ich die Decken auf dem Steinboden aus und setze mich darauf. Durch das kaputte Dach kann man ein paar Sterne sehen. Das ist irgendwie tröstlich. Sahal setzt sich neben mich und knipst die Taschenlampe aus. Er greift in die Tüte und kramt eine verbogene Kerze hervor. Mit einem Feuerzeug zündet er sie an.
„Ich hab schon wieder Hunger", sage ich.
„Ich habe auch Hunger."
Im tanzenden Licht der Kerze breiten wir die Lebensmittel aus und machen uns über die Vorräte für morgen her.

Ich sitze gegen die Wand gelehnt auf der Decke und starre die gegenüberliegende Mauer an. Ein fahler Dreiviertelmond schickt ein wenig Licht durch das kaputte Fenster. In der Ferne rauscht der Verkehr unter den Yorckbrücken und ab und zu höre ich die S-Bahn vorüberfahren.
Keine Ahnung, wieso, aber plötzlich muss ich an meine Mutter denken. Ich wünsche mir so sehr, dass sie mir verzeiht, wenn alles vorbei ist. Dass sie mir verzeiht, dass ich zweimal abgehauen bin. Das erste Mal, als ich zu meinem Vater zog, weil er es brauchte und ich es brauchte, und jetzt, weil ich bei Sahal sein muss. Ich hoffe so sehr, dass sie erkennt, dass beides notwendig war. Ich kann die Erinnerung daran, wie sie im Fernsehen fast geweint hat, kaum ertragen. Sie macht sich Sorgen um mich. Heißt sich Sorgen um jemanden machen, diesen Jemand zu lieben? Wieso kann ich die Liebe von meinem Vater annehmen und von ihr nicht? Ich weiß nicht einmal, was sie mag. Ich weiß nur, was sie nicht mag.

Sie mag Rosen, fällt mir auf einmal ein. Immerhin etwas, oder nicht?
Ich bin müde, aber der Boden ist so hart und kalt – wie soll ich hier schlafen? Sahal dreht sich um. Er hat sich komplett in eine Decke eingewickelt. Jetzt streckt er sich und setzt sich auf.
„Du kannst nicht schlafen?", fragt er.
„Ich habe es gar nicht erst versucht."
Er setzt sich neben mich und ich wickle genau wie er die Decke fest um mich. Schweigend sitzen wir nebeneinander. Ein wenig später rollt er sich auf dem Boden zusammen, kurz darauf atmet er tief und regelmäßig. Ich frage mich, wie jemand mit seiner Geschichte so unbekümmert schlafen kann.
Aber er hat in einer Gruft geschlafen, wer weiß, in welch gefährlichen Ecken er sonst noch sein Nachtlager aufschlagen musste, in welchen Ländern und mit wem.

Der Morgen trifft mich wie ein Donnerschlag. Plötzlich ist es hell. Kann gut sein, dass ich in dieser Nacht überhaupt nicht geschlafen habe, denn ich sitze noch immer an die Wand gelehnt. Ich fühle mich wie eingegipst. Sahal schlägt die Augen auf und ist sofort hellwach. Meine Gelenke scheinen zu knirschen, als ich mich zu bewegen versuche. Mir ist kalt. So ganz von innen ist mir kalt, man hat mir mitten im tiefsten Winter die Heizung abgestellt, so fühle ich mich. Sahal steht mit einer einzigen geschmeidigen Bewegung auf und inspiziert unsere Lebensmittelvorräte. Er findet nicht viel, wir haben am Abend schon fast alles aufgegessen.
„Ich gehe einkaufen", sagt er, nimmt eine Tüte und läuft die Treppe hinunter.
Ich bleibe sitzen. Ich bewege mich nicht. Etwas rauscht. Es wird

stärker, es regnet. Und ich sitze da, lausche dem Rauschen und beobachte, wie die Tropfen durch das Laubwerk der Birke fallen. Sie beansprucht mehr als die Hälfte des Dachs für sich. Nach einer Weile bildet sich eine Pfütze auf dem Boden, sie wird größer, ein Rinnsal kriecht wie eine bösartige, hungrige Schlange auf mich zu und ich krieche immer weiter in mich hinein, bis nur noch ein winziger Rest von mir übrig ist.

Es ist Sahal, der verhindert, dass ich zu Antimaterie schrumpfe. Er ist pitschnass, aber das scheint ihn kein bisschen zu stören. Er hat von irgendwo jede Menge Junkfood aufgetrieben: Schokoriegel, Kekse und Chips und Kakao in der Flasche, der typische Tankstellennoteinkauf. Als wir alles aufgegessen haben, ist mir schlecht, aber wenigstens füllt die Übelkeit wieder meinen ganzen Körper aus. Es regnet noch immer. Sahal hat aus ein paar Zweigen eine Art Besen fabriziert und fegt immer wieder Wasser in das Loch im Boden. Ich kann vermutlich für den Rest meines Lebens nichts weiter tun, als, eingewickelt in die Decke, an der Wand lehnen. Kurz bevor ich endgültig erstarre, holt Sahal einen Block und zwei Stifte aus seiner Tüte.

„Du kannst mir wieder zeigen zu schreiben."

Ich habe keine Lust, mit ihm das Schreiben zu üben. Ich möchte sitzen bleiben und herausfinden, wie es ist, wenn man zur Statue verhärtet. Sahal hält mir unbeeindruckt Stift und Block hin, reflexhaft greife ich zu. Dass ich beides in der Hand halte, scheint mein Gehirn in Gang zu setzen. Ich starre auf die Karos, lege das Papier auf meine Knie, fange an, auf zwei Blätter gleich große Quadrate zu zeichnen und sie oben mit Zahlen und an der Seite mit Buchstaben zu versehen.

„Was ist das?", will Sahal wissen.

„Schiffe versenken. Passt doch zu den Piraten in Somalia."
Sahal versteht den Witz nicht, aber er kapiert das Spiel schneller, als mir lieb sein kann. Während der Regen durch die Löcher im Dach tropft und die trockene Fläche immer kleiner wird, muss ich hilflos mitansehen, wie dieser schlaue Junge schon nach kurzer Zeit über meine armseligen strategischen Fähigkeiten triumphiert. Seufzend gebe ich mich schließlich geschlagen, ich lege Stift und Block weg, trinke den letzten Schluck Kakao, rolle mich auf dem Boden zusammen und schlafe endlich ein.

Erst am späten Nachmittag hört es auf zu regnen.
„Sahal, lass uns rausgehen, ich halte es hier nicht mehr aus."
Nach einem Sommerregen ist selbst in der Stadt die Luft klar und frisch. Die Sonne blinzelt schon durch ein paar Wolkenlücken, vielleicht wird es ja doch noch ein schöner Abend.
Diesmal gehen wir nicht über die Yorckbrücken. Wir schlagen uns durch das Gebüsch in Richtung Monumentenbrücke, landen, nachdem wir uns eine Weile links gehalten haben, auf dem Hof eines Autohändlers und finden endlich einen Discounter, in dessen Bäckerei wir uns einen warmen Minztee gönnen.
„Dieser Tee ist schlecht. Dieser Tee schmeckt besser in Somalia", meint Sahal. „Heißt Na'ana. Schmeckt sehr gut."
„Mir egal, wie Tee in Somalia schmeckt", sage ich pampig. Sahal wirft mir einen argwöhnischen Blick zu. Ich sehe weg.
„Der hier wärmt wenigstens den Bauch", sage ich versöhnlich.
„Übrigens habe ich schon wieder Hunger."

Auf seiner Zuckerkram-Einkaufstour hat Sahal den Skatepark entdeckt. Dort sitzen wir, bekleckert mit der Joghurtsoße von versalzenen Falafeln, und lassen uns vom Licht der Abendsonne rötlich einfärben und wärmen. Ich mag diese entspannten Skater, die hier abhängen und lässig ihre Tricks zum Besten geben. Ihnen zuzusehen versetzt mich für einen winzigen Moment in eine fast euphorische Stimmung. Ich will nicht an die Nacht denken, die vor mir liegt. Ich will an gar nichts denken, vielleicht höchstens ein kleines bisschen hoffen, dass Karl uns besuchen kommt. Bestimmt kommt er nicht.

Einer der Skater springt direkt vor uns über eine Coladose, verliert den Kontakt zum Board, kippt nach hinten und landet heftig auf dem Hintern. Sein Board saust auf uns zu. Routiniert fängt Sahal es auf. Für einen Moment sieht er es mit einem sehnsüchtigen Blick an, dann bringt er es dem Jungen zurück.

„Frag ihn doch, ob du mal fahren darfst", sage ich, als er wiederkommt. Sahal zuckt nur resigniert mit den Schultern und wendet sich zum Gehen.

„Ich komm später nach", rufe ich.

Auf keinen Fall will ich jetzt schon zurück in unsere olle Ruine. Ich stehe auf und gehe über die Wiese in Richtung Spielplatz. Ich könnte ja auch einfach gar nicht nachkommen, denke ich. Ich könnte nach Caputh fahren, jetzt sofort. Ich könnte mich in mein Bett legen und morgen wiederkommen. Oder gar nicht wiederkommen. Sahal wird's schon schaffen, irgendwie. Er hat es doch bisher auch geschafft, ohne mich.

Ich gehe in einem großen Bogen den ganzen Park ab, lasse den Zugang zum S-Bahnhof links liegen und schlage den Weg zu den Yorckbrücken ein. Nur noch ein paar Tage ... denke ich verzweifelt.

Elf

Karl steht mit knallgelben Shorts und braun gebrannten Beinen ratlos am Zaun vor den Yorckbrücken. Als er mich sieht, grinst er breit.

„Hey, Karl", sage ich glücklich. Karl ist gekommen. Er hat uns gesucht. Er hat mich gesucht. Dies ist der beste Moment meines Lebens.

„Wow", sagt er und starrt auf meine Haare. Ich wische verlegen über meine Extremfrisur.

„Das hier kann doch wohl nicht der Weg zu eurem Versteck sein", sagt Karl und knufft mich freundschaftlich in die Schulter. Statt einer Antwort gehe ich an ihm vorbei und zeige ihm, wie man um den Zaun herumkommt.

„Wow", sagt er und will mir folgen.

„Och nee", sage ich und schwinge mich zu ihm zurück. „Lass uns lieber ein wenig rumlaufen."

„Okay …?"

„Da, wo wir schlafen, ist es nicht so doll. Mir reicht's, wenn ich heut Nacht dort bleiben muss."

„Oh-kay?"

Ich marschiere los, Karl folgt mir. Ich kann mir denken, dass er tausend Fragen hat. Freundlicherweise stellt er sie nicht.

„Ich lad dich auf 'ne Limo ein", schlägt er vor und dann folge ich ihm bis zu einem kleinen Café, in dem außer uns keine Gäste sind.

„Kann ich einen warmen Kakao haben?", bitte ich.
„Klar."
„Danke."
„Und?"
„Was und?"
„Nichts und. Oder doch: Wie geht es Sahal?"
„Ich glaube, gut. Ja, ich glaube, ihm geht es gut. Auch wenn man da bei ihm nie ganz sicher sein kann. Er nimmt einfach alles, wie es kommt. Er schläft wie ein Bär."
„Und du?"
„Ich warte darauf, dass mein Vater zurückkommt."
„Wie lange noch?"
„Knapp zwei Wochen."
„Das ist ja eine Ewigkeit. Willst du wirklich so lange auf dem Gelände da hausen?"
„Klar."
„Hm."
„Was hm?"
„Ich könnte meine Eltern fragen …"
„Auf keinen Fall!"
„Warum denn nicht? Meine Eltern sind in Ordnung."
„Weiß ich doch. Aber es geht nicht. Da ist etwas …", ich verstumme. Ich kann ihm doch nichts von den Pässen und Dokumenten im Koffer erzählen! Ich kann ihn da doch nicht mit

hineinziehen und seine Eltern auch nicht. Es reicht, wenn ich meinen Vater damit belasten muss.
„Juni, das hört sich alles überhaupt nicht gut an ..."
„Wieso, ich sag doch gar nichts."
„Genau deshalb."
„Karl ..."
„Ja?"
„Alles halb so wild, wirklich. Ich krieg das hin."
„Na, dann ist ja gut."
Jetzt ist er sauer. Und ich bin so verzagt, dass ich heulen könnte. Aber ich heule nicht, ich spüle den Kloß in meinem Hals mit warmem Kakao runter und schau an dem besten Jungen von allen vorbei, als würde ich mich nicht am liebsten von ihm umarmen lassen, als wollte ich nicht wissen, wie er so riecht und wie sich sein Körper anfühlt, wenn er den Arm um meine Schultern legt. Ich stehe auf. „Ich muss los. Sahal wartet schon auf mich", behaupte ich.

Sahal hat Teelichter angezündet und sie im Halbkreis um ein Blatt Papier aufgestellt, als ich im Dämmerlicht die Treppe heraufkomme.
„Ich habe etwas gemacht, eine Fáh", sagt er. „Dieses machen alle Leute in Somalia."
Entzückt von seiner eigenen Idee zeigt er mir das Spielfeld, das er auf das Blatt gezeichnet hat. Es sieht genauso aus wie das für Mühle. Er hat tatsächlich zwölf helle und zwölf dunkle kleine Steinchen gesammelt, schiebt sie eifrig hin und her und müht sich ab, mir die Regeln zu erklären. Er ist so begeistert, dass ich mir nicht anmerken lasse, wie wenig Lust ich darauf habe. Das

Spiel funktioniert fast genau wie Mühle, nur eben mit zwölf Steinen, und Sprünge sind auch nicht erlaubt. Als kleines Mädchen bin ich durch die harte Mühleschule meines erbarmungslosen Vaters gegangen, der davon überzeugt ist, dass es pädagogisch nicht sinnvoll ist, eine Fünfjährige auch nur ein einziges Mal gewinnen zu lassen. Das kommt mir jetzt zugute. Mühelos besiege ich Sahal dreimal hintereinander. Er bleibt cool, setzt ein Pokerface auf (soweit ich das im Kerzenlicht erkennen kann) und schlägt dann mich fünfmal. Wir verbrauchen den gesamten Teelichtervorrat, bis wir beide zugeben müssen, dass keiner besser ist als der andere. Draußen singen schon die Vögel und die erste S-Bahn rauscht nicht allzu weit entfernt vorbei. Wir haben fast die ganze Nacht mit Spielen zugebracht! Ich höre gerade noch, dass ein neuer Regen durch das Blattwerk der Birke rauscht, dann schlafe ich erschöpft ein.

Den nächsten Tag verbringen wir mit Mühle und Schiffeversenken, dösend, wartend und hungrig. Keiner von uns beiden hat Lust, etwas zu essen zu holen, denn der Regen hört an diesem Tag nicht auf. Erst am Abend rapple ich mich hoch und besorge Chips und Äpfel und pappsüßen Orangensaft und Buttermilch und Cervelatwurst (die Sahal nicht anrührt) und Baguette. Natürlich wird mir wieder schlecht.

Sahal fegt von Zeit zu Zeit die Wasserpfützen die Treppe hinunter und ich liege auf meiner Decke, ungewaschen und höchstwahrscheinlich umgeben von einem leicht muffeligen Geruch, und gebe mir die größte Mühe, nicht an Karl und nicht an den Koffer und nicht an die schauderhaft lange Zeit zu denken, bis mein Vater zurückkommt.

Irgendwie bin ich eingeschlafen. Es ist eine seltsame Art von Schlaf, denn ich weiß, dass ich schlafe. An die kalte Wand gelehnt sitze ich da und spüre, wie sich ein Traum ankündigt. Hastig rappele ich mich hoch und gehe die Treppe hinunter und aus dem verfallenen Haus. Ich will nicht träumen. Die Umgebung ist in ein unwirklich rötliches Licht getaucht, als hätte jemand ein Bild des Gleisdreiecks mit dem Computer bearbeitet. Wie in Trance spaziere ich durch das Gelände und erreiche die Yorckbrücken. Irgendetwas ist seltsam, irgendetwas ist anders als sonst. Erst nach und nach merke ich, dass ich schwebe. Entsetzt starre ich meine Füße an, die mehrere Zentimeter über der Erde baumeln.

Okay, ich träume, denke ich. Das kann nämlich gar nicht sein, ich kann doch nicht einfach hier herumschweben.

Es ist, als würde ich auf die Erde plumpsen, als ich aufwache. Der Boden, auf dem ich gelandet bin, ist hart und kalt. Ich sehe nach Sahal. Er liegt dicht bei mir und atmet, wie ein Schlafender atmet. Der Mond scheint durch das Fensterloch. Er wirft ein wenig Licht auf sein Gesicht. Erneut frage ich mich, wie ein Mensch, der so viel Schlimmes erlebt hat, der nicht weiß, was morgen sein wird, so friedlich schlummern kann. Ich lege mich neben ihn und schließe die Augen, versuche, mich von diesem fragilen Frieden anstecken zu lassen.

Ich wache auf, weil mir kalt ist. Dabei scheint draußen endlich wieder die Sonne. Sahal schläft noch immer. Ich drehe mich einmal um die eigene Achse, strecke vorsichtig meine halb eingefrorenen Knochen und richte mich auf. Kann es sein, dass ich schon wieder hungrig bin?

Ich will in die Sonne, will mich ein wenig wärmen nach dieser seltsamen Nacht. Vorsichtig stehe ich auf und schleiche die Treppe hinunter. Auf dem Gleisdreieck sind außer mir schon eine ganze Menge anderer Lebewesen wach. Sobald ich aus dem Haus komme, huschen kleine Tiere in ihre Verstecke, ein ganzes Vogelorchester bietet mir ein Exklusivkonzert dar. Das Gebäude liegt noch komplett im Schatten. Nur auf dem flachen Dach tanzen schon ein paar Sonnenstrahlen. Ich gehe um das Haus herum und entdecke überrascht eine Metalltreppe, die an der Außenmauer befestigt ist und direkt auf eine Art Terrasse führt. Ich probiere die Treppe vorsichtig aus, sie scheint stabil zu sein. Oben angekommen, setze ich mich auf eine der Obstkisten, die vermutlich auch schon anderen Sonnenanbetern als Sitzplatz gedient haben, und wende meinen durchfrorenen Körper der Sonne zu. Hey, es ist ja Sommer, denke ich. Ich habe Ferien, ich muss mich erholen, mich regenerieren und gut gelaunt die schönste Zeit im Jahr genießen …

Aber mir ist, als könnte ich nie mehr gute Laune haben, ich fühle mich wie ausgewrungen, als wäre mir der Lebenssaft entzogen worden, als wäre ich nur noch Hülle und mein Ich wäre durch ein Leck ausgelaufen. Mich überkommt eine große Sehnsucht nach meinem Zuhause. Ich will hier nicht bleiben, nicht noch eine Nacht auf unbarmherzigem Stein schlafen, ich will einen original Frau-Spicker-Kartoffelkuchen essen, in mein Bett plumpsen und das hier alles vergessen.

Ich stehe auf und gehe hinunter zu Sahal. Sieht aus, als wäre er gerade aufgewacht. Die Sonne hat einen Weg durch das Fenster gefunden und scheint ihm mitten ins Gesicht. Er liegt eingewickelt in die Decke auf dem Boden und lächelt.

„Guten Morgen", sagt er. „Ich habe Hunger."

„Ich auch. Und ich will nach Hause, Sahal."
Er setzt sich auf, sieht mich an, wartet ab, was ich zu sagen habe.
„Lass uns nach Caputh fahren, zu mir nach Hause", sage ich. „Wir warten dort, bis mein Vater zurückkommt. Wir müssen uns weiter verstecken, aber wir können in richtigen Betten schlafen und du kannst dort kochen. Vielleicht sucht meine Mutter dort nach mir, aber dieses Risiko gehe ich ein. Ich halte es hier keine Nacht mehr aus, Sahal."
„Okay", sagt er nur.
„Du kommst mit?", frage ich und merke erst jetzt, dass ich damit gerechnet habe, dass er genau das nicht tut. Irgendwie habe ich damit gerechnet (oder halb gehofft?), dass er hierbleiben will, keine Ahnung, wieso. Ich lasse mir meine Überraschung nicht anmerken.
„Was gibt's zu essen?", frage ich unverfänglich und wühle in den Tüten. Ich finde: ein halbes angebissenes Stück trockenes Baguette, eine leere Chipstüte und einen Apfel. Den Apfel teilt Sahal mit einem kräftigen, geschickten Dreh in zwei genau gleich große Stücke und überlässt mir höflicherweise das Brot. Dafür zeige ich ihm den Sonnenplatz auf dem Dach. Wir sitzen auf den Obstkisten und lassen uns aufwärmen und sagen einfach gar nichts.
„Wie weit ist es zu dein Haus?", fragt Sahal irgendwann.
„S-Bahnhof Yorckstraße bis Wannsee und dann mit dem Bus. Vielleicht eine Stunde."
„Gut. Dann kommt dein Vater."
„Bald kommt er."

Wir gehen die Möckernstraße in Richtung S-Bahn. Die Decken aus Karls Dachkammer trägt Sahal, ich kann nichts tragen, mir ist schlecht. Ich hatte so einen Hunger und deshalb habe ich in einem Imbiss der Umgebung Pommes gegessen und eine Thüringer Bratwurst und eine Cola getrunken, und irgendetwas davon muss alt gewesen sein. Oder vergiftet oder aus Gummi mit künstlichem Pommes-, Wurst- oder Colageschmack, denn mir ist wirklich speiübel. Sahal hat Falafel genommen und ihm geht's prima. Wenn irgendwo „Gourmet-Schlemmer-Imbiss" draufsteht, sollte man misstrauisch sein, ich hätte es wissen müssen. Aber egal, ich freue mich auf zu Hause, auf mein Bett, auf eine Tasse Tee, auf Filou (der hoffentlich wie abgemacht von einem Nachbarn gefüttert wird), und ich denke lieber nicht darüber nach, dass wir es schaffen müssen, uns noch eine ganze Weile dort zu verstecken.

Gott, ist mir schlecht.

Die Möckernstraße ist kaum befahren und keine Menschenseele ist unterwegs. Einzig ein schwarzer BMW fährt im Schneckentempo die Straße entlang, überholt uns schließlich und biegt in eine Parklücke ein.

„Sahal, was soll das denn jetzt!", schimpfe ich, als er plötzlich stehen bleibt und ich ihn so heftig anrempel, dass wir beinahe hinfallen.

„Laufen!", schreit Sahal und wirft die Decken von sich.

„Wieso, was ...?"

„Laaaaaufen!", schreit er und ich laufe. Ich laufe alleine, denn Sahal ist nicht mit mir gekommen, wo ist er?

Ich weiß nicht, wohin ich renne und warum, ich renne einfach immer die Straße entlang, und plötzlich wird mir klar, dass ich verfolgt werde. Es ist nicht Sahal, das kann ich an den schweren Schritten hören. Es ist ein sehr schneller, sehr kräftiger Mensch, der mich verfolgt, und er kommt näher. Ich bin ganz gut in

Leichtathletik, sogar ziemlich ausdauernd, aber diesem Verfolger bin ich nicht gewachsen. Ich höre seinen Atem, er ist kaum aus der Puste, es hört sich an, als würde er einen lockeren Dauerlauf machen. Gleich wird er mich eingeholt haben, gleich wird er nach mir greifen.
Genauso plötzlich wie Sahal vorhin bleibe ich einfach stehen, drehe mich um und schaue meinem Verfolger direkt ins Gesicht. Er ist groß und schlank und jung und sieht nicht einmal so unsympathisch aus. Ich versuche es mit einem Lächeln. Es nützt nichts, natürlich nicht. Er sieht knapp an mir vorbei, mit zwei Schritten ist er bei mir und packt mich mit eisernem Griff am Arm. Schon wieder am Arm. Genau wie der Gärtner. Aber dieser Mann hier ist tausendmal gefährlicher als der Gärtner. Gegen ihn ist der Gärtner der reinste Engel. Der Typ packt mich am Genick und drückt mir von hinten mit den Fingern seiner riesigen Hand den Hals zu. Sein Griff ist so schmerzhaft, dass mir die Tränen in die Augen schießen, und wenn ich vorher Angst hatte, dann bin ich jetzt bis oben angefüllt mit Panik. Ich schlage blind um mich, ich beiße und kratze und versuche, mich ihm zu entwinden, was zur Folge hat, dass er noch fester zugreift. Ich will schreien, aber es kommt nur ein seltsames Gurgeln aus meiner Kehle und dann muss ich kotzen. Ich übergebe mich knapp neben seine weißen Turnschuhe, und egal welcher Teil meiner Mahlzeit verdorben war, jetzt kommt alles raus.
Keine Ahnung, wie, plötzlich stehe ich vor dem schwarzen BMW, vielleicht bin ich kurz ohnmächtig geworden oder so was, vielleicht hat mich der Würger getragen oder gezerrt, ich weiß es nicht. Wieso ist denn keiner da, der einschreitet? Wo sind die ganzen Berliner?

Die Fensterscheiben des BMW sind verdunkelt, und erst als ich auf den Rücksitz gestoßen werde, sehe ich Sahal. Er sitzt sehr ruhig da, ein wenig steif vielleicht. Er ist nicht gerannt, vermute ich. Er hat sich ergeben, damit ich weglaufen kann. Auf dem Beifahrersitz sitzt ein junger Schwarzer; was er gerade zu Sahal sagt, hört sich arabisch an. Irgendetwas an der Art, wie sie miteinander reden, sagt mir, dass sie sich kennen.
Sahal antwortet einsilbig, der große Typ ist eingestiegen und startet den Wagen.
„Sahal?", sage ich.
„Wer bist du?", fragt mich der junge Mann auf dem Beifahrersitz.
„Ein Freundin", sagt Sahal schnell. Der Fahrer sagt nichts. Er fährt. Der Beifahrer fragt etwas und Sahal sagt etwas. Ich verstehe gar nichts. Wir sind alle nicht angeschnallt. Das müssen routinierte Typen sein, wenn es ihnen sogar gelingt, diesen nervigen Warnton auszuschalten.
„Du musst fahren zum Mehringdamm", sagt der Beifahrer.
Wir biegen in die Fidicinstraße ein und mir wird schon angst und bange.
„Sahal, nicht in die Wohnung ...", flehe ich leise.
„Nein", sagt Sahal.
Wir fahren zur Bergmannstraße, passieren die Poststelle und halten am Eingang zum zweiten Friedhof an. Sahal und der Beifahrer machen Anstalten auszusteigen. Da fange ich an zu schluchzen. „Lass mich nicht mit ihm hier alleine, Sahal!"
„Er tut nix", sagt der Beifahrer.
Dasselbe sagen auch alle Hundebesitzer über ihre aggressiven Bestien. Der Typ hat mich gewürgt!, denke ich. Aber ich will es lieber nicht aussprechen.

„Bitte, ich will mitkommen!"
Ich öffne einfach die Tür und steige aus. Sofort ist der Fahrer neben mir und drückt mich zurück auf den Autositz. Er redet nicht, er sieht mich nicht an, sein Griff ist eisenhart und unerbittlich. Seelenruhig setzt er sich wieder ans Steuer. Ich höre das Klacken der Türschlösser, jetzt bin ich eingesperrt.
Sahal und der Beifahrer biegen in den Friedhof ein, der Fahrer trommelt nervös mit den Fingern auf das Lenkrad.
Ich starre auf seinen Kopf vor mir. Er ist blond. Also, nicht richtig blond, nur oben in der Mitte, er hat so eine auf schick getrimmte irokesenartige Frisur. Er trommelt und trommelt und sein harmloser Iro wippt ein wenig. Seine Fingernägel sind sauber und akkurat gefeilt, und jetzt endlich frage ich mich, wohin Sahal mit dem anderen Typen eigentlich gegangen ist und warum?
„Wo sind sie hin?", frage ich laut. Nicht dass ich eine Antwort erwarten würde. Immerhin dreht er sich um und sieht mich zum ersten Mal richtig an. Er will wohl wissen, wie jemand aussieht, der eine derart unnütze Frage stellt.
Wenn ich wüsste, wie man jemandem einen herablassenden Blick zuwirft, würde ich es tun. Dafür weiß ich plötzlich, dass Sahal natürlich den Koffer holen geht. Er muss ihn irgendwann wieder in der Gruft versteckt haben.
Mitten in meinen lahmen Geistesblitz hinein klappt der Kofferraum auf und wieder zu, der Fahrer entriegelt die Türen, der andere Typ steigt vorn ein und Sahal setzt sich neben mich.
Er sieht mich mit einem undefinierbaren Blick an, könnte sein, dass er beruhigend sein soll, aber irgendwie funktioniert das gerade nicht, denn statt uns freizulassen, jetzt, wo sie endlich den blöden Koffer haben, startet der Blondierte das Auto. Ich

höre, wie er die Reifen blödsinnig quietschen lässt wie in einem schlechten Actionfilm, aber leider ist das alles entsetzlich real.

Ich weiß nicht, wie lange wir fahren. Es können zehn Minuten sein oder hundert. Mir ist, als wäre die Zeit in verschieden lange Stücke zerschnitten, als würde mein Herz in den Lücken immer wieder aufhören zu schlagen und in den Zwischenräumen Leere oder Angst oder ein Anflug von Wahnsinn lauern. Etwas berührt meine Hand, und kurz bevor ich völlig durchdrehe, begreife ich, dass es Sahals Hand ist. Ich drücke sie so lange und so fest, bis ich wieder einen regelmäßigen Herzschlag spüre und mich an meinem Atem (habe ich ihn die ganze Zeit angehalten?) orientieren kann.

Zwölf

„Sahal, was ist jetzt?"
„Alles okay. Wir gehen zu dein Haus."
Wir stolpern einen holprigen Feldweg entlang, schon eine ganze Weile. Keine Ahnung, wo wir sind, wohin wir gehen.
Ich glaube, ich bin ohnmächtig geworden, während wir durch Berlin gerast sind. Oder mein Geist hat irgendwie abgeschaltet, oder ich habe geschlafen, so unglaublich das auch ist. Jedenfalls war das Letzte, an das ich mich erinnern kann, bevor die Tür des BMW aufgerissen und ich brutal herausgezerrt wurde, der Gedanke, dass wir die Decken aus der Dachkammer verloren haben. Ausgerechnet diese blöden Decken!
Ich wurde aus dem Auto gezerrt und fiel auf den Boden. Und da lag ich dann, lag auf stoppeligem, trockenem Gras und hörte, wie der BMW davonfuhr. Die Sonne war gleißend hell. Ich hab mir die Hand vor die Augen gehalten und durch die Finger geblinzelt. Und endlich bemerkt, dass Sahal neben mir stand. Sahal und sonst niemand! Völlig bedröppelt habe ich mich aufgerappelt. Wir standen mitten in der Pampa, irgendwo auf einem Acker in einer weiten, ebenen Landschaft, die genauso gut

auf dem Mond hätte sein können oder in Holland oder in der uigurischen Steppe oder in der Mark Brandenburg. Weit vor uns war noch eine Staubwolke zu sehen, die sich rasch entfernt hat – der BMW, der auf einem Feldweg davonraste.

Ich schaue auf meine Uhr. Das Glas ist zersprungen, die Zeiger sind verbogen.

„Wie lange sind wir gefahren?", frage ich Sahal.

„Sehr lange", antwortet er.

„Ein Tag? Zwei Tage?"

„Eine Stunde, zwei Stunde."

„Wo sind wir?", frage ich Sahal, als müsste er es wissen.

„In Deutschland", antwortet er trocken.

Wir gehen an einem Maisfeld entlang. Die Sonne steht hoch am Himmel und knallt gnadenlos auf uns nieder. Es ist ganz eindeutig Sommer, aber ich kann es nicht fühlen. In mir sind alle Jahreszeiten ausgelöscht.

„Ich verstehe das alles nicht", sage ich. „Sie haben den Koffer, und jetzt? Was wird mit dir? Und mit mir? Lassen sie uns jetzt in Ruhe?"

„Ich bin nicht tot. Du bist nicht tot. Mein Freund hat Koffer. Er gibt zurück."

„Das war also dein somalischer Freund? Ich hab mir gedacht, dass ihr euch kennt. Aber ist er nicht stinksauer auf dich?"

„Kein Problem."

„Kein Problem? Alles paletti, einfach so?"

„Er ist sehr böse, dass ich gestohlen habe. Aber er ist sehr gut, weil ich lebe und du lebe auch. Ich habe geschwören. Ich sage zu ihm: Dieses Mädchen ist gut, sie wird nichts sagen. Er glaubt mir und wir gehen jetzt zu dein Haus."

Sahal bleibt stehen und wirft mir einen Blick zu, der mir den Angstschweiß auf die Stirn treibt.

„Du darfst nichts sagen über diese Leute. Kein Mensch darf dieses alles wissen. Ich …", er sucht nach Worten. Er legt beide Hände auf seinen Brustkorb. „Ich sage, Allah weiß, ich sage nichts zu Polizei und dieses Mädchen sagt auch nichts. Ich gebe mein Leben."

„Sahal, ich schwöre dir hier und jetzt, dass ich niemandem auf der ganzen Welt etwas über diesen Koffer erzähle und was da alles noch dranhängt. In meinem ganzen Leben nicht."

Wir gehen. Wir schweigen.

Wir atmen. Wir leben.

In meinem Kopf rattert es.

„Aber du hast Geld aus dem Koffer genommen. Das werden die doch merken."

„In Koffer sind fünfhundert Euro. Du kaufen ein und ich kaufen ein, wir nehmen hundertneunzig Euro. Mein Freund wird geben hundertneunzig Euro zurück in diese Koffer."

„Also, dein Freund kommt für den Rest auf? Er schenkt dir genau genommen hundertneunzig Euro?"

„Ja, genau."

„Wie kann er das tun? Hat er so viel Geld?"

„Er arbeitet für Geld. Er verkauft Pass und Drogen. Ein Tag wird kommen, dann ich gebe Geld zurück."

„Wie willst du das machen? Bitte mach nichts Illegales!"

Im Gegensatz zu mir weiß Sahal sehr genau, wie man jemandem einen herablassenden Blick zuwirft.

„Ich habe nicht illegale Dinge tun. Ich werde nicht illegale Dinge tun. Egal wenn du glaubst oder nicht glaubst. Mein Freund macht illegale Dinge und er helft mir. Er gibt sein Geld. Für mich. Und für dich."

„Ich weiß nicht einmal, wie dein Freund heißt", klage ich.

„Besser, wenn du nicht weißt, kleines Mädchen", sagt er. Natürlich schweigt er dann. Lange. Ich will ja auch gar nicht mehr wissen, als ich weiß. Ich weiß schon viel zu viel und ich bezweifle, dass ich das alles vergessen kann. Es ist mir auch völlig wurst, dass er mich für ein kleines Mädchen hält, denn ich bin lieber ein kleines, dummes Mädchen in seinen Augen als tot, und deshalb schweige ich jetzt auch und schweigend erreichen wir, nach einer Zeit, die mir vorgekommen ist wie siebzehn Stunden, ein winziges Kaff.

Die Sonne knallt noch immer vom Himmel.

„Uetz-Paaren, Potsdam Mittelmark", steht auf dem Ortsschild und das macht mich richtig froh. Wenn der Ort zu Potsdam gehört, sind wir nicht ganz aus der Welt, zumindest nicht in Holland und auch nicht in Uigurien, falls es das überhaupt gibt. Von Potsdam aus können wir mit dem Bus nach Caputh fahren. Nach Hause.

Es ist wie ausgestorben, dieses Minidorf, es gibt nicht einmal einen Laden, dafür gibt es eine Kirche, und wenn die Kirchturmuhr stimmt, dann ist es jetzt kurz vor vier. Irgendwann erreichen wir eine Bushaltestelle, aber der letzte Bus, der an diesem Tag nach Potsdam fährt, ist schon weg. Er ist um fünfzehn Uhr siebenundvierzig abgefahren, und jetzt weiß ich wirklich nicht mehr weiter. Wir haben kein Geld, wir haben nur furchtbar Durst und nichts zu trinken und die Menschen von Uetz-Paaren scheinen alle ausgewandert zu sein. Nach Holland. Oder Uigurien. Oder auf den Mond.

Ich setze mich auf die kleine Bank an der Haltestelle. Sahal bleibt stehen und studiert zum hundertvierten Mal den Fahrplan, als ob er sich dadurch zu unseren Gunsten ändern könnte. Eine alte Frau fährt auf dem Fahrrad vorbei und widerlegt damit meine Befürchtungen bezüglich der komplett ausgewanderten Einwohnerschaft. Als sie schon vorüber ist, wendet sie plötzlich und bleibt vor uns stehen.
„Der letzte Bus ist schon weg, Kinder", sagt sie.
„Das haben wir gesehen", antworte ich, so freundlich ich kann.
„Wie könnten wir denn von hier aus nach Potsdam kommen, wie weit ist das?"
„Das werden schon so dreizehn, vierzehn Kilometer sein", antwortet sie.
Ich stelle mich innerlich auf noch einen langen Fußmarsch ein. Meine Füße schmerzen schon jetzt, sie werden blutig sein, wenn wir auch nur noch einen halben Meter gehen müssen.
„Wenn ihr wollt, meine Tochter fährt jetzt gleich nach Potsdam. Sie kann euch mitnehmen", sagt da die alte Frau, und dafür könnte ich sie glatt küssen.
„Wartet hier, ich sag ihr Bescheid und sie fährt vorbei und sammelt euch ein", erklärt die Frau und schwingt sich schon wieder auf ihr Fahrrad.
„Vielen Dank!", rufe ich ihr hinterher, aber sie dreht sich nicht mehr um. Und sie wollte nicht einmal wissen, was wir hier in dieser Einöde zu suchen haben.

Das Häuschen sieht so heimelig aus im Abendlicht, dass mir die Tränen kommen. Als ich den Schlüssel ins Schloss stecke und umdrehe, spüre ich, wie etwas Weiches um meine Beine streicht.

„Filou!"
Ich nehme ihn hoch und sofort fängt er an zu schnurren. Ich trage ihn ins Haus, schalte das Licht ein und gebe ihm ein wenig Trockenfutter in den Napf im Flur. Zufrieden trollt er sich sonst wohin. Dann mache ich überall das Licht an, gehe durch die Zimmer. Durch jedes einzelne Zimmer gehe ich und betrachte es, als wäre ich Jahrzehnte weg gewesen. Mit der Hand streiche ich über die Möbel und die Pflanzen und atme den Geruch des Hauses ein. Es riecht nach Zuhause, es duftet, es fühlt sich wunderbar an.
Ich weiß nicht, wie lange ich so im Haus umherstreife, Sahal wollte im Garten bleiben.
„Diese alles ist so schön", hat er gesagt. „Ich komme nach Deutschland und sehe die Baume und ich liebe alle Baum in Deutschland."
Er liegt in der Hängematte, als ich in den Garten komme, Filou räkelt sich im Gras, ein Nachtfalter flirrt vorbei, irgendwo singt ein Vogel sein Abendlied und die Grillen zirpen überall. Bevor gleich auch noch Zuckerguss über die Szene gegossen wird, höre ich das Gartentor klappen.
Der Nachbar, der Filou füttern oder die Blumen gießen will, denke ich panisch. Ich scheuche Sahal auf, damit wir uns verstecken können, da sehe ich meinen Vater. Er stellt seinen großen Koffer ab und sieht mich genauso ungläubig an, wie ich ihn.
„Juni, warst du etwa die ganze Zeit hier?", ruft er, aber ich antworte nicht. Ich stürze ihm entgegen, falle ihm in die Arme und halte ihn so lange so fest, dass er mich irgendwann mit aller Kraft von sich schieben muss. Er streicht mir über die kurzen knallroten Haare und schüttelt fassungslos den Kopf.
Sahal ist zu uns getreten.

„Guten Tag, mein Name ist Sahal", sagt er höflich.
„Guten Tag", antwortet mein Vater verdutzt.
„Ich erklär dir alles", sage ich und dann gehen wir alle drei ins Haus. Mein Vater setzt Wasser auf, um sich einen Matetee zu kochen, ich stelle Tassen auf den Tisch. Alles ist wie immer und doch nicht wie immer, meine Hände zittern, die Tassen klirren, der Wasserkocher brodelt und mein Vater sieht an Sahal vorbei, als wäre er nicht da.
Aber Sahal ist da, er sieht nur aus, als wäre er am liebsten woanders.
„Ich muss deine Mutter informieren."
„Oje!", entfährt es mir und ich ernte einen undefinierbaren Blick von meinem Vater. Er sieht müde aus.
„Angelika, ich bin es. Juni ist hier", höre ich ihn im Flur.
„Ja … nein, ich weiß noch nichts. Ich bin gerade mal fünf Minuten hier. Ich melde mich später noch mal … ja, alles in Ordnung, es geht ihr gut. Ich ruf dich an, so bald wie möglich. Ja, gerne, das kannst du tun, das wäre eine große Hilfe, vielen Dank."
Mit einem tiefen Seufzer legt er auf.
„Ich sollte wohl erst mal etwas essen, ich bin sehr hungrig", sagt er, aber bevor ich ihm auch nur mitteilen kann, dass nichts im Haus ist, steht Frau Spicker in der Küchentür. Mit ihren riesigen Topflappenhandschuhen hält sie eine dampfende Auflaufform fest.
Als sie mich sieht, lässt sie das kostbare und mit Sicherheit köstliche Stück beinahe fallen.
„Juni, Mädchen, du bist hier? Was haben wir uns alle für Sorgen gemacht! Wo hast du nur gesteckt die ganze Zeit? Und was hast du bloß mit deinen Haaren gemacht?", ruft sie, während sie den Auflauf auf den Tisch stellt. „Wie gut, dass ich eine so große

Portion Gemüsegratin gemacht habe, dann reicht es auch für alle", fügt sie mit einem Seitenblick auf Sahal hinzu. Er steht auf.
„Mein Name ist Sahal."
„Trude Spicker", sagt sie ein wenig ratlos.
„Ich danke Ihnen vielmals für den Auflauf", sagt mein Vater. „Als ich Sie vom Flughafen aus anrief, wusste ich noch gar nicht, dass Juni da ist. Um ehrlich zu sein, weiß ich selbst noch genauso wenig wie Sie, Frau Spicker. Wir müssen das jetzt alles erst klären."
„Dann will ich mal nicht stören", sagt Frau Spicker weise und verschwindet so rasch, wie sie aufgetaucht ist.
„Ich dachte, Frau Spicker ist bei ihrer Tochter?", wundere ich mich.
„Als Angelika mich endlich über dein Verschwinden informieren konnte, habe ich Frau Spicker bei ihrer Tochter angerufen. In der Hoffnung, dass sie womöglich weiß, wo du bist. Sie hat sich gleich auf den Weg hierher gemacht, die Gute. Sie wollte unbedingt da sein, falls du hierherkommst."
Ich kann immer noch gar nicht fassen, dass er hier vor mir sitzt, mein Vater. Er ist zurückgekommen. Extra früher. Meinetwegen.
„Du hast dein Projekt abgebrochen. Das tut mir so leid."
„Mir tut es vor allem wegen Ernst leid. Er muss jetzt die ganze Arbeit dort alleine bewältigen. Ich gehe davon aus, dass es triftige Gründe für dein Verhalten gibt, Juni. Du hast viele Menschen in große Sorge versetzt", sagt mein Vater bekümmert.
Mein Herz wird überflutet von einer Welle der Dankbarkeit. So viele Menschen sorgen sich um mich!
„Es gibt Gründe, Papa, du wirst sehen, dass das alles …"
„Bitte, ich bin so hungrig. Lass uns erst mal essen."

Während mein Vater mit nachdenklicher und irgendwie abweisender Miene jeden Bissen gründlich kaut, schlinge ich Frau Spickers knackiges Gemüse regelrecht hinunter. Seit dem verdorbenen Imbissfraß gab es für meinen Magen den ganzen Tag nichts als die blanke Angst zum Verdauen.
„Dieses schmeckt sehr gut", sagt Sahal. „Juni kann leider nicht sehr gut kochen."
„Papa, Sahal kann echt gut kochen. Er könnte morgen etwas kochen, stimmt's, Sahal?"
„Vielleicht solltest du nun erst einmal erzählen, was genau geschehen ist, Juni …"
Ich sehe Sahal an. Seine Augen flehen mich an, das Richtige zu erzählen und das Richtige wegzulassen.
„Ich kenne Sahal von einem Schulprojekt", fange ich planlos und aufgeregt an. „Er ist ein Flüchtling, aus Somalia, und er ist erst fünfzehn und sie glauben, dass er achtzehn ist, und deshalb muss er vielleicht nach Somalia zurück oder nach Italien, das weiß ich auch nicht so genau. Außerdem war er in einem Flüchtlingslager in Kenia, weil seine Familie von den Al-Shabaab-Milizen bedroht wird, und in dieses Lager kann er auch nicht zurück, weil ihn sein Stiefvater ablehnt. Und deshalb ist er aus dem Wohnheim abgehauen und ich habe ihn zufällig getroffen und wir waren in Karls Wohnung, weil die alle verreist sind, und ich wollte ihn nicht verraten und ihn nicht im Stich lassen, das war einfach notwendig, aber jetzt bist du da und ich habe ihm gesagt, dass du ihm ganz bestimmt helfen wirst."
Das war sehr viel Information auf einmal. Mein Vater sieht mich an und Sahal sieht mich an und beide sagen nichts, aber ich denke, ich habe das Richtige erzählt. Mein Vater räumt schweigend die Teller ab und stellt sie in die Spüle und ich stehe auf

und fange an abzuwaschen und Sahal trocknet alles ab und mein Vater sitzt am Tisch und schweigt noch immer. Wir setzen uns zu ihm. Er nimmt seine Brille ab und reibt sie mit einem Stofftaschentuch sauber. Er wischt sich mit dem Tuch über die Augen. Sahal rutscht unbehaglich auf seinem Stuhl herum.

„Warum hast du mir nicht gleich die Wahrheit gesagt? Bevor ich verreist bin? Da hattest du ihn doch schon getroffen, oder nicht?"

„Ich wollte ihn doch nicht verraten. Und du warst so mit deiner Reise beschäftigt, und als ich gemerkt hab, dass ich das alles nicht alleine schaffe, warst du ja schon weg."

„Warum hast du dir keine Hilfe geholt?"

„Von wem denn?"

„Von deiner Mutter zum Beispiel."

Ich zucke ratlos mit den Schultern. Ich kann es nicht erklären. Mein Vater seufzt und sieht mich wieder mit diesem komischen Blick an.

„Oder von Opa. Er hätte euch sicher helfen können."

„Ich weiß nicht …", sage ich kleinlaut. „Es tut mir leid."

„Ich sollte ihn anrufen. Angelika hat sicher schon die Polizei verständigt. Das Ganze wird Folgen haben, Juni. Das ist dir wohl klar."

„Ja", sage ich. „Ist mir klar. Und was wird aus Sahal?"

„Wir werden sehen."

„Kann er hierbleiben?"

„Ich schau, was ich für ihn tun kann, Juni. Aber ich will ihm keine falschen Hoffnungen machen."

„Kann er wenigstens heute Nacht bleiben?"

„Ja, natürlich."

Er ist offensichtlich nicht gerade begeistert. Das entgeht auch Sahal nicht. Er sackt sichtlich in sich zusammen.

Mein Bett ist das wunderbarste Bett der Welt. Ich liege darin, zwischen weichen Kissen und Decken und sauberen Laken und duftender Bettwäsche, und schaue aus dem Fenster. Die Vorhänge sind zurückgezogen und das Fenster ist gekippt, sodass ich die Grillen hören kann und diesen Vogel, der mitten in der Nacht so atemberaubend schön singt, vielleicht eine Nachtigall. Ich habe sofort geschlafen, ich war so müde, so müde. Und auf einmal bin ich wieder aufgewacht und habe diesen Vogel gehört und die Grillen und die Sterne zwischen den Ästen der Bäume funkeln sehen.
Es ist vorbei. Alles wird gut.
Sahal schläft im Wohnzimmer auf dem Sofa, ich hoffe, er kann schlafen. Er sah so verloren aus, als er da in der Küche saß und mein Vater so reserviert auf ihn reagiert hat und sich nur dafür interessierte, was mit mir ist und war und sein wird.
Für Sahal ist noch nicht alles vorbei, denke ich, noch längst nicht. Nichts ist vorbei außer seiner Kindheit, während ich hier noch Kind sein darf, das Kind meines Vaters und sogar das meiner Mutter, ich darf es sein und ich will es sein, aber er ist schon so lange kein Kind mehr, schon viel zu lange.

Dreizehn

Das Telefon klingelt. Es klingelt lange und ausdauernd und keiner geht ran. Also quäle ich mich aus dem wunderbarsten Bett der Welt, renne die Treppe hinunter und hebe ab.
„Juni Berkel", sage ich und lasse fast den Hörer fallen. Es ist meine Mutter.
„Hallo, Mama", sage ich kleinlaut.
„Juni", sagt meine Mutter. „Was ist nur los mit dir?"
„Es geht mir gut, Mama. Es tut mir leid, dass ich euch alle so in Sorge versetzt habe. Es tut mir wirklich, wirklich leid. Ich glaube, du wirst es verstehen, wenn ich es erkläre", sage ich und dann weine ich ein bisschen, und ich höre, wie auch meine Mutter weint.
„Ich bin ziemlich sauer auf dich, Juni."
„Ich weiß. Das bist du schon lange."
„Wie soll ich das verstehen?"
„Können wir ein andermal darüber reden? Nicht am Telefon. Bitte."
„Du hast recht. Aber lass uns nicht so lange damit warten."

Sie hört sich ganz weich an. Und dann ist unser Gespräch zu Ende.

Mein Vater erscheint im Flur, er sieht verschlafen und verwuschelt und zerzaust aus in seinem gestreiften Pyjama mit den kurzen Hosen.

„Wer war das?"

„Mama. Ich will bald zu ihr fahren."

„Das schuldest du ihr. Warte nicht zu lange damit."

„Das hat sie auch gesagt. Ich muss aber erst wissen, wie es mit Sahal weitergeht."

„Ich habe lange über ihn nachgedacht", fängt er an. „Ich bin mir nicht sicher, ob ich etwas für ihn tun kann. Ich kenne mich mit den Asylgesetzen überhaupt nicht aus. Es ist alles recht kompliziert."

Ich nicke stumm. Es ist alles kompliziert. Aber ich finde, er könnte sich ein wenig mehr anstrengen. Irgendwie hatte ich gehofft, dass er gleich weiß, was zu tun ist.

„Bitte, Papa, kannst du Mama erst einmal nichts von Sahal erzählen? Nicht bevor ich bei ihr war, ja?"

„Das hatte ich sowieso nicht vor. Und kannst du dir bitte Gedanken darüber machen, was du ihr erzählen willst? Als sie mich vor einigen Tagen endlich erreicht hat, war sie völlig aufgelöst über die Tatsache, dass du verschwunden bist und dich laut Polizei irgendwo in der Stadt herumtreibst."

„Das hat sie gesagt?"

„Nachdem du Alexander angerufen hattest, war sie nur unerheblich beruhigt. Wenigstens wusste sie, dass du noch lebst. Aber sie hat sich selbst Vorwürfe gemacht, sie fragt sich, was sie falsch gemacht hat, weil du abgehauen bist. Ich habe mich das auch gefragt. Während des ganzen Flugs habe ich darüber nachgedacht."

„Worüber?"
„Über dein Verhältnis zu ihr. Und über meines zu dir."
„Das ist völlig in Ordnung, Papa. Unser Verhältnis ist komplett in Ordnung, ehrlich", sage ich.
„Das freut mich, Juni. Trotzdem mache ich mir Vorwürfe."
Ich will etwas sagen, aber er hält mich zurück.
„Berechtigte Vorwürfe, Juni. Ich gehe einfach zu sehr davon aus, dass bei dir immer alles vorbildlich vonstattengeht. Ich habe mich damals sehr gefreut, als du zu mir gezogen bist, aber ich habe mich auch immer gefragt, ob es gut für dich ist, alleine mit mir zu leben, ohne deinen Bruder, ohne Angelika."
„Ich sehe sie doch jedes Wochenende!", werfe ich ein, aber er hört nicht zu.
„Du warst und bist immer gut in der Schule, du bist gesund und aktiv, du beklagst dich niemals über die Situation, alleine bei einem vielbeschäftigten Vater aufzuwachsen, du bist vernünftig und freundlich. Deshalb bin ich auch so aus allen Wolken gefallen, als diese Geschichte mit dem erfundenen Sprachkurs ans Licht kam. Aber im Grunde war ich nur sauer und habe mich dann nicht tiefer damit beschäftigt. Ich dachte, Angelika wird sich schon angemessen darum kümmern."
„Feigling", sage ich und halte mir gleich erschrocken den Mund zu.
Aber er ist nicht böse. Nur sehr ernst. Und irgendwie wirkt er so unsicher wie nie zuvor.
„Zu meiner Schande muss ich gestehen, dass ich, sobald ich in Ecuador war, die Sache völlig verdrängt habe. Ich hab nicht einmal bei Angelika angerufen, um mich nach dir zu erkundigen. Vor zwei Tagen bin ich nach Quito zurückgekehrt, erst da war ich wieder erreichbar."

„Ist doch egal, Papa. Hauptsache, du bist jetzt hier und kannst Sahal helfen."

„Du hast eine große Dummheit begangen, indem du keinen Erwachsenen in diese Geschichte eingeweiht hast. Und dass du weder mich noch Angelika um Rat gefragt hast, ist ein Zeichen dafür, dass du keinem von uns das volle Vertrauen schenkst, und das hat Gründe. An diesen Gründen bin ich mitschuldig, und ich möchte in Zukunft daran arbeiten, das besser zu machen …"
Allmählich bin ich genervt von seinem Monolog. Er redet sich da etwas von der Seele, ich mag gar nicht zuhören. Er sollte mich bestrafen oder anschreien oder beides, wie es sich gehört. Bei all seinen Selbstanklagen geht es eigentlich nur um ihn und nicht um mich, und schon gar nicht um Sahal, um den es doch gehen sollte. Mein Vater will, dass ich ihm (was auch immer) verzeihe oder sage, dass alles okay ist. Dass er okay ist.

„… Zeit für dich genommen habe. Ich wusste nicht einmal, dass deine beste Freundin weggezogen ist. Ein Vater sollte das aber wissen, wenn die beste Freundin der Tochter wegzieht. Ich habe im Moment den Eindruck, dass ich nicht mehr von dir weiß, weil ich es nicht wissen wollte, aus purer Bequemlichkeit. Aber das soll sich ab sofort …", sagt er gerade, als ich wieder zuhöre.
„Papa", unterbreche ich ihn. „Alles okay. Ist doch okay. Du bist jetzt da. Du bist extra meinetwegen gekommen. Du bist für mich da", sage ich, und da sieht er mich wieder mit diesem Blick an und ich gehe zu ihm und nehme ihn in den Arm, obwohl er es irgendwie nicht will.
Es ist doch alles wieder gut, oder?

Und dann ist doch nicht alles gut. Mein Vater war beim Bäcker, wir haben ein Frühstück zubereitet, es gibt Eier und Marmelade und Tee und vier verschiedene Sorten Brötchen plus Rosinenbrötchen. Es wird Zeit, Sahal zu wecken. Vorsichtig öffne ich die Tür zum Wohnzimmer. Auf dem ausgeklappten Sofa liegt ein ordentlich aufgeschütteltes Kopfkissen, das Laken ist glatt gezogen, aber die rote Kuscheldecke ist genauso verschwunden wie Sahal.

Vielleicht wäscht er sich ja gerade, oder er duscht, denke ich, er duscht ja mit Leidenschaft. Aber das Bad ist leer und auch die Hängematte im Garten schaukelt ungenutzt im Morgenwind, und im Gewächshaus verkümmern nur ein paar Unkräuter in den geleerten Trögen. Vielleicht macht er ja einen kleinen Spaziergang, denke ich, er mag doch die Bäume hier so gerne. Aber Sahal macht keinen Spaziergang. Spätestens als ich den Schlüsselbund für Karls Wohnung auf dem Telefonregal im Flur finde, weiß ich: Sahal ist wieder abgehauen.

„Wo könnte er sein?", fragt mein Vater. „Wo habt ihr euch überall versteckt?"

Ich erzähle ihm von der Gruft, ich erzähle ihm von der Dachkammer, von Karls Wohnung, und ich beschreibe ihm das verfallene Haus auf dem Gleisdreieck.

„Uns bleibt wohl keine andere Wahl, als nach ihm zu suchen", sagt mein Vater und ich spüre, wie wenig Lust er darauf hat.

„Bitte", flehe ich. „Lass uns gleich losfahren!"

Er leiht sich Frau Spickers alten Kombi. Kaum dass wir im Auto sitzen, fängt er schon wieder mit seinem Monolog an. Ich höre gar nicht zu. Stattdessen frage ich mich, was Sahal wohl in seinen Augen gesehen hat.

„Juni, es wird sich vieles ändern müssen. Versprich mir, dass auch du deinen Beitrag dazu leistest. In einem Fall wie diesem wird das Jugendamt aktiv, da liegt noch einiges vor uns", höre ich irgendwann.

„Ich werde die davon überzeugen, dass bei uns alles in Ordnung ist, Papa", sage ich ungeduldiger, als ihm lieb sein kann. „Es geht mir doch gut. Ich habe ein Zuhause. Ich habe Menschen, die für mich da sind. Du, Mama, Frau Spicker. Ihr sorgt für mich. Ich bin in Sicherheit. Ich weiß das jetzt alles so wahnsinnig zu schätzen. Sahal hat das alles nicht."

„Hast du dich in ihn verliebt?"

Aha, das ist es also.

„Nein, Papa, hab ich nicht. Er ist wie ein Bruder für mich. Und ich für ihn wie eine Schwester. Er hat es selbst gesagt. Er wollte, dass ich wie eine Schwester für ihn bin."

„Bruder und Schwester", sagt er nachdenklich. „Hat er noch Familie in Somalia?"

„Die Mutter und zwei Geschwister leben in einem Flüchtlingslager in Kenia. Sein Vater und sein Bruder wurden von diesen Al-Shabaab-Leuten getötet. Seine Mutter hat ihn alleine losgeschickt, weil er dort keine Zukunft hat. Er war zwei Jahre lang unterwegs! Er ist doch erst fünfzehn …"

„Es gibt so viele wie ihn. Wir können nicht allen Flüchtlingen helfen."

„Wir können *diesem* Flüchtling helfen."

Zuerst fahren wir in die Fidicinstraße. Bei Karl ist niemand zu Hause, als ich klingle, aber die schwerhörige alte Dame aus dem dritten Stock drückt auf den Haustüröffner, nachdem ich ausgiebig ihre Klingel betätigt habe. Ich renne die Treppen hoch, mein Vater folgt mir gemessenen Schrittes.

„Entschuldigung, ich muss nur mal etwas da oben nachsehen", keuche ich der freundlichen alten Frau zu und renne weiter. Seufzend schließt sie die Tür. Vielleicht ist sie einsam und hat gehofft, dass jemand kommt und ein kleines Teekränzchen mit ihr veranstaltet.

Die Dachkammer sieht verwaist und muffig und ohne die Decken richtig ungemütlich aus, und wie erwartet ist Sahal nicht da.

Als Nächstes gehen wir auf den Friedhof. Es ist Sonntag, der Friedhofsgärtner hat heute frei, und mein Vater ist in die finstere Gruft hinabgestiegen, während ich unruhig auf den Steinstufen davor auf- und abspringe. Er kommt mit Spinnweben in den Haaren, aber ohne Sahal wieder ans Tageslicht und wir streifen durch alle Friedhöfe, ohne auch nur eine Spur von Sahal zu finden.

„Ich bezweifle, dass wir ihn heute finden werden", sagt mein Vater und endlich zeigt auch er wenigstens einen Anflug von Besorgtheit.

„Lass uns noch zu dem verfallenen Haus gehen", drängle ich.

Ich führe meinen Vater bis zu dem Zaun an den Yorckbrücken.

„Hier kannst du keinesfalls ..."

„Weitergehen", wollte er vermutlich sagen, aber ich habe mich schon an die seitlichen Gitterstäbe gehängt und schwinge meinen Hintern über den Abgrund.

„Juni, bist du wahnsinnig?", schreit mein Vater.

Ohne mich umzudrehen, gehe ich über die Brücke. Er wird nicht nachkommen – mein Vater ist der unsportlichste Mensch, den ich kenne. Also muss er warten.

Er muss warten, bis ich das Gebäude von oben bis unten und von vorn bis hinten durchsuche, auf der Dachebene und im Gebüsch

nachgesehen und Sahal nicht gefunden habe. Er muss warten, bis ich mich auf eine der Obstkisten gesetzt und ein wenig geweint habe. Und er steht auch wirklich noch da hinter dem Zaun und weiß wieder einmal nicht, ob er wütend oder erleichtert sein soll, als ich mit der roten Kuscheldecke aus unserem Wohnzimmer auftauche, denn die habe ich gefunden und so weiß ich wenigstens, dass Sahal da war und vielleicht wiederkommen wird. Und auch ich werde wiederkommen, denn mein Vater erlaubt es nicht, dass ich hierbleibe und auf ihn warte. Ich will protestieren, aber irgendwie ist es auch eine Erleichterung, dass jetzt er es ist, der Entscheidungen für mich trifft. Und erst als wir schon wieder im Auto sitzen, fällt mir auf, dass es überhaupt keine gute Idee ist, die Decke wieder mit nach Caputh zu nehmen, denn erstens hat Sahal dann nichts Wärmendes in der Nacht und zweitens denkt er dann, dass jemand sein Versteck gefunden hat, und beides will ich nicht und sogar mein Vater sieht ein, dass ich sie zurückbringen muss, und deshalb renne ich noch mal los, schwinge mich um den Zaun herum, überquere die Brücke und lege die Decke ins Gebüsch zurück, wo sie gewissenhaft und ordentlich zusammengelegt dalag – und als ich mich aufrichte, steht Sahal neben mir. Es ist Sahal und es ist doch nicht Sahal. Er sieht mich abweisend, fast feindselig an und sagt keinen Ton.
„Sahal", flüstere ich. Und dann redet er endlich, aber das, was er sagt, schmerzt mehr als alles, was je jemand zu mir gesagt hat.
„Geh zu dein Vater. Ich will nicht deine Hilfe. Geh weg."
Er dreht sich einfach um und ich kann nicht mehr hinschauen, aber ich höre, wie er sich durch das Gebüsch zwängt, und dann höre ich nichts mehr. Sahal ist gegangen. Mir ist, als würde mein Herz abgeschnürt. Als würde jemand meinen Brustkorb zusammendrücken und mir den Atem rauben.

Ich fahre mit meinem Vater nach Hause. Wir reden nicht. Ich kann nicht über Sahal sprechen. Ich bin wie versteinert.

Ich weiß nicht, wie ich den restlichen Tag hinter mich gebracht habe. Wir haben viel geschwiegen, mein Vater und ich. Frau Spicker hat etwas gekocht, wir haben es gegessen, ich habe Filou gestreichelt und mein Vater hat wohl gesehen, dass ich nicht in der Lage war, irgendjemanden anzurufen, nicht meinen Opa, nicht Kaya, nicht Mama. Er hat sich vor den Computer gesetzt und viel telefoniert, ich habe Filou gestreichelt und Löcher in die Luft gestarrt, und als es Abend wurde, bin ich ins Bett gekrochen wie in eine Zuflucht und sofort eingeschlafen.
Mitten in der Nacht bin ich dann aufgestanden. Im Haus war es totenstill, selbst die Grillen schliefen und die Nachtigall war noch nicht wach. Ich bin durch den Garten hindurch zur Straße gegangen. Ich bin eine Stunde und zwanzig Minuten die Templiner Straße entlanggegangen, bis ich ein Taxi gefunden habe, das mich nach Berlin brachte, in die Yorckstraße. Vielleicht hat mich der Taxifahrer etwas gefragt, aber ich habe ganz bestimmt nicht geantwortet, habe sechzig Euro bezahlt und bin den Aufgang zum Gleisdreieck hinaufgerannt.
Vielleicht träume ich ja schon wieder, denke ich, als ich über die Brücke gehe. Vielleicht wache ich gleich auf und liege in der Mansarde bei meiner Mutter und über dem Bett hängt der Tagesplan und die Ferien haben noch nicht begonnen.
Es ist eine kühle, helle Vollmondsommernacht, es ist ganz ruhig, vielleicht ist dies der einzige Zeitpunkt, an dem die Stadt für eine Weile ruhig wird, vielleicht bin auch ich es, die ganz ruhig ist, denn Sahal zuckt nicht einmal erschrocken zusammen, als ich oben auf dem Dach des verfallenen Hauses vorsichtig die rote

Decke berühre. Er liegt ganz fest in sie eingewickelt. Irgendwo hat er ein Einmachglas aufgetrieben. Eine verbogene Kerze flackert darin.

Er wird ganz langsam und ganz sachte wach und er sieht mich mit einem unergründlichen Blick an, einem Blick, der so dunkel und so tief ist wie ein schwarzes Loch im Universum.

„Bruder", sage ich.

„Schwester", erwidert er.

Vierzehn

Als ich den Trödelladen von meinem Opa erreiche, zerren Pjotr und Yilmaz, seine beiden Möbelschlepper, gerade ein riesiges, massives Buffet aus dem Laden und wuchten es in den uralten Transporter. „Kiez-Dödel", steht auf der nicht mehr ganz so weißen Plane, irgendein Scherzkeks hat die abgefallenen Buchstaben mit schwarzem Filzstift ersetzt, aber Opa stört so etwas nicht, er hat es nie korrigiert. Er steht in der Tür, die Arme in die Seiten gestemmt, und sieht so finster drein wie immer. Auch als er mich sieht, hellt sich seine Miene nicht auf; er geht in den Laden, als wäre ich nicht seine verschollene und wiedergefundene, geliebte Enkeltochter, und wenn ich ihn nicht kennen würde, müsste ich denken, dass ich tatsächlich ungeliebt bin. Auf alle Fälle habe ich mich unbeliebt gemacht, denn das Erste, was er mir entgegenbrummt, ist ein beleidigtes: „Warum biste denn nicht zu mir gekommen?"
Ich ziehe zwei der bequemen Plastikstühle aus DDR-Beständen in die große Lücke, die das Buffet hinterlassen hat, und setze mich. Und er setzt sich zu mir. Ich erzähle von Sahal, was ich erzählen darf, ich erzähle die offizielle Version, die sichere, die

bewährte, die ich meinem Vater und auch meiner Mutter aufgetischt habe, die Version für Polizei und Behörden und Karls Eltern. Und mein Opa hört mir zu und er ist sichtlich bewegt.
„Du weißt, dass meine Eltern auch Flüchtlinge waren?"
„Nein, das hab ich nicht gewusst."
„Sie sind aus Schlesien gekommen, nach dem Zweiten Weltkrieg. Sie waren Vertriebene, sind mit nichts als zwei Koffern gekommen, mussten ganz neu anfangen. Sie haben es geschafft, sich etwas aufzubauen. Man hat ihnen geholfen, damals. Man hat damals den Flüchtlingen sehr geholfen. Ich hätte dir auch geholfen, übrigens. Wenn du mal zu mir gekommen wärst."
„Mensch, Opa", sage ich. „Es tut mir leid. Ich hätte zu dir kommen sollen. Dass du dir Sorgen gemacht hast, tut mir echt leid."
„Na, wenigstens das", sagt er und tätschelt meine Hand. „Und du trägst noch immer die Kette."
Ich taste nach der Granatkette. Seit er sie mir geschenkt hat, habe ich sie nicht mehr ausgezogen.
„Hier im Laden kommen oft so Schwarze. Kramen ewig in den Sachen rum, kaufen am liebsten Uhren und Schmuck, Goldschmuck. Einer kauft Bücher. Der ist auch aus Somalia. Netter Kerl. Lustig. Wartet schon ewig auf seinen Asylbescheid."
Noch nie hat mein Opa eine derart lange Rede gehalten. Ich lächle. Er lächelt zurück.
„Bring ihn doch mal mit, diesen Jungen", sagt Opa.
„Sahal", sage ich.
„Ist er dein Freund, dieser Sahal?"
„Nicht so, wie du denkst", sage ich.

Auf dem Bürgersteig der Friesenstraße saust eine Gruppe kleiner Knirpse auf Laufrädern den Berg hinunter. Sie stoßen

sich mit stämmigen, nackten Beinchen vom Boden ab, juchzen und johlen. Ein älteres Touristenpaar (erkennbar an den obligatorischen Rucksäcken und praktischen, ärmellosen Funktionswesten) springt kopfschüttelnd zur Seite, ein junges Mädchen läuft ihnen wie einer Herde aufgescheuchter Hühner hinterher und schreit: „Haaalt! Langsam! Ihr sollt anhalten!" Vor der Markthalle kommt die ganze Truppe zwangsläufig zum Stehen, die Kita-Praktikantin hat noch einmal Glück gehabt: Sie sind alle noch ganz.
An Karls Wohnungstür öffnet sein Vater. Er ist braun gebrannt. Und er guckt mich freundlich an.
„Hallo", sage ich verlegen und reiche ihm die Hand.
„Nanu, so förmlich?", sagt er, da taucht Karls Mutter hinter ihm auf.
„Hallo, Juni. Oh, mutige Frisur. Du machst ja Sachen."
„Ich wollte mich entschuldigen, dass ich einfach in Ihrer Wohnung gewohnt habe, ohne zu fragen, das war nicht okay, und …", fange ich meine lange geprobte Rede an.
„Spar dir deinen Vortrag", unterbricht mich Karls Vater. „Ich finde großartig, was du gemacht hast. Kannst stolz auf dich sein. Wie geht es denn dem Jungen?"
„Ganz okay", sage ich verdattert, und damit mein Entschuldigungskonzept nicht ganz aus den Fugen gerät, drücke ich den beiden ihre Geschenke in die Hände. „Ich hab Ihnen was mitgebracht."
Für Karls Mutter habe ich so ein langes Flattertuch besorgt, wie sie es sich immer um die Haare oder Hüften drapiert, und für Karls Vater einen Rotwein aus Frankreich, wie er sie in der Vorratskammer stehen hat.

„Das wäre überhaupt nicht nötig gewesen", sagen sie unisono und dann lachen sie und ich lache erleichtert mit.

„Karl? Dein Besuch ist da!", schreit Karls Vater und schiebt mich durch den Flur in die Küche. Ich setze mich an den Tisch, an dem Sahal mir so viele leckere Speisen serviert hat, an dem wir Schach gespielt und deutsche Vokabeln geübt haben, und ich streiche über die fleckige, teils aufgequollene Tischplatte.

„Hey!" Karl steht im Türrahmen. „Du bist früh dran. Lass uns gleich losgehen, drinnen sind wir noch lange genug. Den ganzen Winter lang. Der Sommer ist kurz. Noch kürzer als deine Haare", sagt er.

„Die wachsen wieder ...", sage ich im Aufstehen.

„Ist doch auch so schön." Er wuschelt mir über meine ultrakurzen, knallroten Stoppeln. Das macht mich ein wenig verlegen. Ich schlüpfe an ihm vorbei und gehe schon die Treppe runter. Er findet meine Haare schön. Wow.

„Magst du ein Eis?", fragt Karl, als wir an einem Imbiss vorbeikommen. „Ich spendiere uns eins."

„Schoko mit Mandel", antworte ich.

„Sollen wir Sahal und Luwam eins mitbringen?"

„Das schmilzt doch."

„Stimmt. Bis zum Skatepark ist das geschmolzen."

In jener eigenartigen Nacht saßen Sahal und ich lange auf dem flachen Dach des verfallenen Hauses und lauschten der nächtlichen Stille. Die Kerze im Einmachglas war runtergebrannt, der Mond verschwunden und der Himmel bedeckt, es war plötzlich stockfinster und doch noch richtig kalt geworden. Sahal hatte fürsorglich die rote Decke um mich gelegt, er wollte sie partout nicht mit mir teilen, saß fröstelnd da und umschlang mit beiden Armen seine Beine.

„Komm mit, Sahal", habe ich gesagt. „Du kannst dich nicht ewig hier verstecken."

„Ich bleibe nicht hier. Ich gehe zu Hamburg. Zu andere Freund. Ich warte nicht mehr auf Asyl. Ich versuche gehen zu Schweden. Es gibt sehr viele Somalis in Schweden. Sie werden mir helfen."

„Sahal, bitte bleib. Du kannst doch nicht ewig weglaufen."

„Was ist ewig?"

„Sehr, sehr lange Zeit. Für immer. Für immer und ewig."

„Nichts ist ewig. Alles ist immer anders. Jetzt schon wieder anders. Jetzt auch."

„Und jetzt?"

„Auch anders."

Ich spürte sein Lächeln. Und spürte, wie es verging.

„Dein Vater wird nicht helfen. Er sieht mich nicht an. Er sieht dich an."

„Er kennt dich nicht, Sahal. Er muss dich erst kennenlernen."

„Wenn er will mich kennenlernen, er muss ansehen. Er muss in meine Augen sehen. Aber er sieht nur deine Augen."

„Ich bin seine Tochter, er liebt mich."

„Er liebt dich. Für immer und ewig."

„Und weil er mich liebt, wird er dir helfen. Ich kann ihn überzeugen. Ich kann das. Ich kann machen, dass er dir hilft, Sahal. Gib uns Zeit dafür."

„Wie viel Zeit?"

„Ich weiß nicht, nicht lange vermutlich. Aber du musst mitkommen."

„Entschuldigung, ich will hierbleiben. Hier warten, bis du dein Vater überzeugen. Oder nicht überzeugen. Ich bin sehr traurig.

Ich denke sehr an mein Vater. Er ist tot. Er sieht nicht meine Augen. Für immer und ewig."
Ich habe nach Sahals Hand gegriffen. Er zog sie nicht weg.

Es war früh um halb sieben, als ich wieder in Caputh ankam. Mein Vater hing am Telefon.
„Entschuldigung, da kommt sie gerade, sie wird dich zurückrufen", sagte er, legte auf und sah mich an, als würde er mir am liebsten eine runterhauen.
„Ich habe bei Karl angerufen, in der Hoffnung, dass er weiß, wo du bist. Wo warst du?"
„Unterwegs. Ich musste nachdenken", sagte ich einsilbig.
„In Zukunft will ich wissen, wo du bist! Du schreibst mir einen Zettel, wenn du ungefragt irgendwohin gehst, verstanden?"
Oh, schau, dachte ich. Er hat ja gelernt, richtig sauer auf mich zu sein.
„Ich laufe nicht mehr weg. Ganz bestimmt nicht."
„Woher soll ich das wissen? Wie soll ich das glauben, nach allem? Wie soll ich dir vertrauen?"
„Weil ich es dir sage. Ich verspreche es."
Ich sah ihn sehr ernst an. So ernst wie noch nie, ehrlich. Und ich habe gesehen, dass er mir glaubte. Habe gesehen, wie sehr er mich liebte, und da musste ich weinen. So sehr musste ich weinen, dass mein Vater erschrak. Er hat mich noch nie so sehr weinen sehen. So sehr hat mich nur Sahal weinen sehen.
„Papa, es tut mir so leid", habe ich geschluchzt. Und endlich hat mein Vater mich in den Arm genommen. Mein schlauer, großer und verwirrter Vater wusste endlich, was zu tun ist, und hat mich festgehalten, bis ich mich beruhigt hatte. Wir haben uns ins Wohnzimmer auf das verwaiste Sofa gesetzt, ich habe mich

an ihn gelehnt und seine warme, zuverlässige Nachdenklichkeit gespürt.

„Du warst bei Sahal", hat er irgendwann gesagt.

„Ja, ich habe ihn gesucht und auch gefunden. Jemand sollte bei ihm sein. Er ist doch noch ein Junge, Papa. Und er ist schon so lange auf der Flucht, es wird Zeit, dass er endlich irgendwo bleiben kann."

„Juni, er ist ein Junge aus einer völlig fremden Kultur. Womöglich hat ihn die Flucht traumatisiert. Die Hilfe, die er braucht, kann ich ihm nicht geben. Wir können ihn hier nicht aufnehmen. Das kann ich nicht. Ich kann so etwas nicht. Ich kann mich gerade mal mit Müh und Not um dich kümmern."

„Mit Müh und Not reicht mir vollkommen", habe ich gesagt. Er lächelte. Endlich.

„Ich müsste mich erst einmal eingehend mit diesen ganzen Asylgesetzen befassen", sagte er. „Aber eigentlich habe ich gar keine Zeit. Schließlich muss ja auch noch die abgebrochene Reise ausgewertet und dokumentiert werden. Es fehlen einfach viele Daten …"

„Sorry, Papa."

„Schon gut."

„Und Sahal?"

Mein Vater seufzte tief.

„Du gibst einfach nicht auf. Na ja, also, zunächst sollte er vielleicht doch erst einmal hierherkommen. Ich sehe ein, dass er nicht auf diesem Gelände hausen kann. Er war doch sicher in einem Wohnheim. Dort kann er ja wieder unterkommen und ich muss sehen, was ich tun kann, um seinen Asylantrag zu beschleunigen."

„Er braucht das Gefühl, dass du ihm helfen willst, Papa. Sonst ist er sofort wieder weg. Kann er nicht eine Weile, ein paar Tage hier sein, damit ihr euch kennenlernt?"
„Darauf könnte ich mich einlassen. Ich muss aber heute Vormittag dringend ins Institut. Wir könnten ihn am Nachmittag abholen."
„Ich mach es gleich, okay? Ich frühstücke und dann hole ich ihn."
„Wird er denn mitkommen?"
„Er hat es versprochen."

Wenn ich neben Karl gehe, ist es, als würde sich die Gegenwart mit der Vergangenheit und der Zukunft vermischen. Die Zeit verschwimmt und dehnt sich aus, irgendwie. Auch ich dehne mich aus, ich verliere meine eigenen Grenzen und weiß nicht, ob ich es schrecklich oder schön oder schrecklich schön finden soll.
Wir machen einen kleinen Umweg über den Park auf dem Kreuzberg, weil Karl so gerne auf den Treppen vor dem Kriegerdenkmal steht und über die Stadt schaut.
„Wenn du in einer Stadt lebst, trifft dein Blick immer so schnell auf etwas. Auf Wände und Mauern. Man verlernt, in die Weite zu schauen. Aber ich glaube, es ist gut, einen Weitblick zu haben. Es tut irgendwie gut. Schau", sagt er und stellt sich neben mich. Und ich schaue hinunter in Richtung Osten, mein Blick schweift, und das tut tatsächlich ziemlich gut, so in die Ferne zu gucken.
Ich erinnere mich auf einmal, wie es war, als wir damals zusammen auf dem Dachboden mit der Eisenbahn gespielt haben. Ich erinnere mich an das Gefühl, das ich dabei hatte, es war ein

schönes Gefühl, aber ich hab leider grad keine Worte dafür. Ich spüre nur, dass etwas dazugekommen ist, eine kribbelige Aufregung, die damals nicht da war.
Erst als wir auf den Stufen am höchsten Punkt des Kreuzbergparks sitzen, zeigt mir Karl, dass es ihm ähnlich geht. Er lehnt sich an mich und legt sachte seinen Arm um mich. Es fühlt sich vertraut an und neu und spektakulär aufwühlend und es ist so schön, dass ich gar nichts tun muss, als hier zu sitzen, in die Ferne zu gucken und Karls höfliche Gunst zu genießen.

Meine Mutter stand wie ein Wachsoldat vor unserem Haus, als ich Sahal von dem Gelände am Gleisdreieck zurück nach Caputh brachte.
Sie hielt eine Kuchenform in den Händen und sah ihn irritiert an. Er war schließlich doch noch mitgekommen, und ich glaube, letztlich war er selbst darüber erleichtert.
Meine Mutter hätte sich gemütlich auf die kleine, giftgrün gestrichene Holzbank setzen können, sie hätte unruhig hin und her gehen oder bei Frau Spicker auf uns warten können, wie jeder normale Mensch. Aber sie blieb stramm und hartnäckig auf einem Fleck stehen und war wie immer für schlimme Dinge gewappnet. Und hatte sie nicht recht behalten, als da ein völlig unbekannter schwarzer Junge mit ihrer Tochter auftauchte?
Auch Sahal war ein wenig aus dem Konzept, denn auch er hatte sich gewappnet. Er wollte unbedingt meinen Vater beeindrucken, auf der ganzen Fahrt hatte er mich über ihn ausgefragt. Und dann stand da meine Mutter. Und sah ihn verblüfft und sprachlos an. Meine Mutter. War sprachlos. Ihr Blick wanderte zwischen Sahal und mir hin und her, mit einer unwillkürlichen

Geste strich sie sich über ihre Haare, und automatisch glitten auch meine Finger über meine sensationelle Frisur.

„Hallo, Mama", sagte ich lässiger, als mir zumute war. „Das ist Sahal."

„Sahal, ja, also … Ich habe einen Kuchen mitgebracht."

Sie rang sichtlich um Fassung. Sahal hielt sich krampfhaft die rote Kuscheldecke vor den Bauch.

„Sahal, das ist meine Mutter."

„Guten Tag, Frau …"

„Anders", sagte meine Mutter.

Wir standen blöde herum. Ich genoss es ein wenig, meine Mutter blöde herumstehen zu lassen.

„Wir sollten hineingehen, Junika", sagte sie schließlich. Also gingen wir hinein, ich nahm meiner Mutter den Kuchen ab und stellte ihn auf den mit Bröseln übersäten Tisch.

„Es ist Möhrenkuchen", sagte sie. Ihr Möhrenkuchen ist mit Vollkorn. Von so was muss ich immer pupsen.

„Soll ich Kaffee machen?", schlug ich vor. Meine Mutter trinkt ausschließlich grünen Tee. Sie weiß, dass ich das ganz genau weiß.

„Ich möchte nichts, danke", antwortete sie.

„Und du, Sahal? Einen Tee vielleicht? Hagebutte, Pfefferminz, oder lieber Saft?"

„Danke, ist egal", sagte er bemüht freundlich. Er hatte sich auf meinen Vater vorbereitet, und jetzt stand da meine Mutter, die es schaffte, gleichzeitig irritiert und unerbittlich auszusehen.

Sie suchte umständlich nach einem Stuhl, auf dem keine Katzenhaare zu finden waren, setzte sich schließlich mit einer halben Pobacke auf Papas Lieblingshocker. Ich hantierte lange und umständlich mit der Teekanne herum, holte ein viel zu stumpfes Messer aus der Küchenschublade und schnitt unregelmäßige Kuchenstücke, die ich auf lauter verschiedenen Untertassen servierte. Meine Mutter sah mir schweigend zu. Hier war mein Zuhause, hier durfte ich die Regeln bestimmen, und das kostete ich weidlich aus.

Sahal stand mitten im Raum, sah von mir zu ihr und wieder zurück.

„Warum leben Sie nicht alle zusammen? Vater und Mutter und Schwester und Bruder, alle müssen zusammen sein", sagte er mitten in das unbehagliche Schweigen hinein. Ich schnappte nach Luft und sah meine Mutter an.

„Äh", sagte meine Mutter.

Sahal entging komplett, wie peinlich berührt wir beide waren. Er wollte höflich sein, ganz bestimmt. Er wollte zeigen, dass ihn meine Familie interessiert, dass ihm etwas an ihr liegt. Er wollte so dringend das Richtige sagen, dass er mit einem Riesensatz mitten ins Fettnäpfchen getrampelt ist.

„Meine Eltern sind geschieden", sagte ich schließlich und merkte, dass ich irgendwie davon ausgegangen war, dass Sahal das schon wusste.

Er hatte sich gemerkt, wo das Geschirr stand, holte ein Glas und ließ Wasser aus dem Hahn ein.

Er stellte es sehr behutsam vor meiner Mutter ab und sah sie mit einem wachsamen Lächeln an.

„Bitte trinken."

Artig nahm meine Mutter einen winzigen Schluck. Das Glas hatte am Rand kleine Schlieren.

„Und bitte zuhören", sagte Sahal. Er stand mitten im Raum. „Frau Anders, ich komme aus Somalia. Ich bin fünfzehn Jahre alt und ich warte für Asylantrag. Ich habe nicht ein Vater und eine

Mutter hier. Mein Vater ist tot, ist geschlagen von Al-Shabaab, auch mein Bruder ist tot. Ich will bitte bleiben in Deutschland und zu Schule gehen. Ich will arbeiten und helfen für meine Mutter und Schwester und Bruder. Juni hat mich gefunden. Sie hat mir viel geholfen. Juni ist meine Schwester jetzt. Sie ist ein sehr gutes Mädchen und ich sage Ihnen Danke für dieses gutes Mädchen."

Meine Mutter sah Sahal mit großen Augen an. Irgendetwas in ihr schmolz gerade. Sie blinzelte, sie wischte sich über die Augen und auch ich musste auf einmal schlucken.

Da stand dieser Junge, der so bemüht war, ihr zu gefallen, und sah gleichzeitig so stark und verletzlich, so selbstbewusst und hilfsbedürftig aus.

Meine Mutter bog ihren Rücken durch.

„Sahal, was deinen Aufenthaltsstatus betrifft, so sollte es kein Problem sein, für dich als unbegleiteten Minderjährigen einen ehrenamtlichen Einzelvormund zu bekommen. Gerold, mein zweiter Ehemann, arbeitet seit Kurzem als Sozialpädagoge in einer Flüchtlingsunterkunft. Grad neulich hat er vorgeschlagen, dass wir einem jungen Flüchtling eine solche Hilfe zukommen lassen, und dem bin ich nicht abgeneigt", sagte sie auf ihre typisch verschraubte Art. Aber sie war sichtlich erleichtert, dass hier ihre Kompetenz gefragt war.

„Entschuldigung, ich verstehe nicht", sagte Sahal.

„Sie weiß, wie man dir helfen könnte", übersetzte ich, aber irgendwie begriff ich es selbst noch nicht ganz. Ausgerechnet meine Mutter wusste sofort, was zu tun ist. Ausgerechnet Gerold kannte sich mit Asylrecht aus. Ausgerechnet ihn hätte ich fragen können, wie es weitergeht mit Sahal. Nie im Leben wäre ich auf diese Idee gekommen …

„Die glauben ihm nicht, dass er erst fünfzehn ist", sagte ich.
„Dafür gibt es Tests. Es sind sicher einige behördliche Dinge zu klären, aber mit Behörden komme ich gut klar. Man muss nur entsprechend vorbereitet sein. Ich denke schon, wir können einiges für dich bewirken, Sahal."
Sie sah Sahal mit einem aufmunternden Lächeln an.
„Sie wollen für mich helfen, das verstehe ich jetzt", sagte Sahal.
„Sie sind wie Juni, ganz gleich. Ich bin sehr glücklich, dass ich kenne Sie und Juni."
Er nahm sich das größte Stück Kuchen von der Untertasse und biss im Stehen herzhaft hinein. Vielleicht ist so etwas ja eine Höflichkeitsgeste in Somalia. Auch ich griff mir ein Kuchenstück, und selbst meine Mutter aß das verbliebene kleinste Stück aus der Hand.
Schweigend kauten wir drei den Vollkorn-Möhrenkuchen. Er schmeckte gut, ehrlich, sie hatte offenbar eine Extraportion Zucker hineingetan. Trotzdem war die Stimmung auf einmal unbehaglich, und als sich Sahal ungefragt ein zweites Stück Kuchen von der Anrichte nahm, erntete er den typisch missbilligenden, vermutlich reflexhaften Blick meiner Mutter. Sie meinte es bestimmt nicht böse, sie meint es nie böse, das weiß ich eigentlich schon immer. Sie möchte halt allen Menschen zu einem vorbildlichen Betragen verhelfen, sie kann nicht anders.
„Ich gehe in diese schöne Garten", sagte Sahal irritiert und verkrümelte sich mitsamt dem Kuchenstück eilig nach draußen.
„Wir sollten reden", fing meine Mutter an, kaum dass die Tür hinter ihm geschlossen war.
„Worüber?", fragte ich, als ob ich es nicht wüsste.
„Nun, ich habe eine Vorladung zum Jugendamt bekommen, Junika. Man glaubt offenbar, wir seien nicht in der Lage, dich

angemessen zu erziehen. Mich ärgert, dass uns jetzt die Behörden im Nacken sitzen. Das hätte ich mir gerne erspart."

„Tut mir leid", sagte ich und meinte es auch. Dann schwiegen wir wieder. Irgendwie wartete ich darauf, dass noch mehr Vorwürfe von ihr kämen, aber es kam nichts mehr. Sie ließ ihren Blick durch die unaufgeräumte, leicht schmuddelige Küche schweifen und schwieg beharrlich. Offensichtlich wartete sie darauf, dass ich etwas sagte. Ich hatte mich entschuldigt. Ich hatte mich schon vor Tagen entschuldigt, als wir telefonierten. Zu mehr war ich nicht bereit.

„Wie findest du Sahal?", fragte ich nach einer ganzen Weile. Meine Mutter seufzte. Es war nicht das, worüber sie sprechen wollte.

„Er ist ... außergewöhnlich. Er hat sicher viel erlebt. Du hättest mit ihm zu mir kommen müssen. Aber du hast wieder einmal vorgezogen, deine eigenen Wege zu gehen."

Da war sie also wieder, ihre vorwurfsvolle Miene. Vielleicht hätte ich ihr da sagen müssen, wie sehr mich ihre ewige Gekränktheit belastet. Vielleicht wäre das der Moment dafür gewesen, aber ich habe ihn ungenutzt verstreichen lassen.

„Könnten wir vielleicht in Zukunft den Tagesplan sein lassen, Mama? Ich hasse ihn", platzte ich stattdessen heraus.

Meine Mutter sah mich überrascht an. „Ich denke immer, du brauchst eine feste Struktur in deinem Leben, du bist so unaufgeräumt. Das macht mir Sorgen", sagte sie erstaunlich milde.

„Sorg dich doch nicht so viel. Ich bin halt einfach anders als du."

Mich überkam auf einmal das Bedürfnis, ihr den Arm um die Schultern zu legen, ein Impuls, der mich selbst überraschte, aber bevor ich ihn in die Tat umsetzen konnte, fing sie an, in ihrer

Tasche herumzukramen. Und dann holte sie ein Smartphone mit deutlichen Gebrauchsspuren hervor.
„Es ist ein älteres Modell, aber es funktioniert tadellos. Es gibt neuere Studien, die besagen, dass bei diesem Typus die Strahlung nicht so hoch ist, vor allem wenn man nur Nachrichten darauf tippt. Wirst du vernünftig damit umgehen, Juni?"
Ich glaube, das war das erste Mal, dass sie mich Juni genannt hat.

Karl nimmt meine Hand, sanft und bestimmt, und lässt sie erst los, als wir am Skatepark auf dem Gleisdreieck ankommen. Ich sehe Sahal von Weitem und erkenne ihn doch fast nicht wieder. Er trägt ein knallrotes T-Shirt, die schwarze Basecap verkehrt herum und unterm Knie abgeschnittene, karierte Hosen. Aber es sind nicht die neuen Klamotten, die mich irritieren. Es ist seine Haltung, seine selbstbewusste und unbekümmerte Pose und das unbändige, breite Grinsen. Er hat lässig die Fäuste in die Hosentaschen gestemmt und schaut einem schwarzen Jungen zu, der barfuß auf einem ramponierten Skateboard steht. Der Junge trägt eine löchrige Strickmütze von undefinierbarer Farbe und saust die in den Boden eingelassenen, ineinander übergehenden Rampen rauf und runter. Kurz bevor wir ihn erreichen, übergibt der Junge Sahal das Skateboard und dann weiß ich, warum Sahal so grinst. Seine Schuhe müssen irgendeine magnetische Kraft auf das Board ausüben, anders ist es nicht zu erklären, was er gerade damit anstellt. Seine Sprünge und Drehungen haben bestimmt irgendwelche Namen in der Skaterszene: „Crazy rabbit", „beklopptes Känguru" oder „Todesflip" oder so. Es dauert nicht lange und die ersten Leute bleiben stehen und schauen ihm zu.

„Wow", sagt Karl.
„Hi, Karl", sagt der Junge mit der Mütze.
„Hi, Luwam, ist ja krass, was Sahal da macht."
„He's crazy", sagt Luwam. „You must be Juni, I guess."
„Hi, Luwam", sage ich.
„Ich hab irgendwo im Keller noch so ein Board stehen. Erinnere mich daran, dass ich es Sahal gebe", sagt Karl zu mir.
Sahal fährt die Rampe hinauf, schleudert gegen alle physikalischen Gesetze verstoßend das Skateboard hoch, fängt es lässig auf und schlendert auf uns zu.
„Hallo, Juni, hallo, Freund Karl." Er sieht so glücklich aus, dass ich ihn am liebsten umarmen würde. Stattdessen klatscht er Karl und Luwam ab. Mich sieht er mit diesem Blick an, der so tief ist wie der Marianengraben, so unergründlich und überwältigend wie alle schwarzen Löcher im Universum, und dann lächelt er sein Sahal-Lächeln, endlich hat er es wiedergefunden.

Epilog

Es ist Herbst geworden und der nahende Winter rüttelt schon ein wenig an dem Rest der sommerlichen Stimmung, die sich über die Ferien hinwegretten konnte. Noch immer träume ich nachts von dem, was ich mit niemandem teilen darf als mit Sahal. Ich fahre in einem schwarzen BMW durch die Stadt, ich werde herumgeschubst, jemand drückt mir die Kehle zu, Sahal ist verschwunden und Sahals namenloser Freund stolpert mit dem Koffer in der Hand durch eine bedrohlich leere Wüste, ich sterbe tausend verschiedene Tode vor Angst und Abscheu. Und am Ende steht da immer Sahal auf dem Friedhof. Sahal, der lächelt oder weint oder meine Hand hält oder sich abwendet, und wenn ich aufwache, lege ich die Hand auf mein Herz und spüre, wie es klopft …

Ich sitze in der S-Bahn, gleich hole ich Karl ab und dann werden wir zum Bahnhof fahren. Kaya kommt mich übers Wochenende besuchen, endlich, ich freue mich wahnsinnig auf sie. In meiner Jackentasche ertaste ich etwas Kleines, Rundes. Es ist der Rosenanhänger, den ich letztens in Opas Trödelladen gefunden habe. Ich dachte schon, ich hätte ihn verloren, ich will ihn nämlich meiner Mutter schenken. Sie mag Rosen. Neuerdings ist oft Sahal dabei, wenn ich bei ihr bin. Er ist jetzt ihr Mündel oder wie das heißt. Noch immer ist nicht klar, ob er auf Dauer in Deutschland bleiben darf, das ist so eine unendliche und unendlich blöde Geschichte, aber meine Mutter und Gerold haben immerhin bewirkt, dass er in einer WG mit anderen minderjährigen Flüchtlingen lebt, und irgendwie glauben die Behörden ihm auch auf einmal, dass er noch nicht volljährig ist. Also darf er wenigstens bleiben, bis er achtzehn ist. Und er darf zur Schule gehen. Und er bringt Alex diese unglaublich komplizierte Sprache Somali bei. Und trainiert ihn mit dem Skateboard. Alex hat jetzt so ein winziges, leichtes Board. Natürlich muss er Helm und Gelenkschützer tragen, das sieht so lächerlich aus an seinen dünnen Ärmchen und Beinchen, dass es fast schon wieder cool ist. Irgendwie kommt Sahal mit meiner Mutter zurecht. Oder sie mit ihm: „Schließlich kommt er aus einer völlig anderen Kultur", ist ihr Standardsatz, wenn er versehentlich (und inzwischen manchmal auch absichtlich) gegen ihre Gepflogenheiten verstößt.

Karls Eltern haben für Luwam die Vormundschaft übernommen. Sahal wohnt mit ihm in einem Zimmer. Er kommt aus Eritrea, noch eines dieser bettelarmen afrikanischen Länder, und Frau Spicker finanziert neuerdings einer jungen Frau aus Nigeria einen Platz in einer Sprachschule. Mann, auf einmal sind die alle so gute Menschen ... Ich bin nicht gut. Ich habe mehrfach dreist gelogen und war in illegale Dinge verwickelt. Ich musste dreimal zum Jugendamt und auch mein Papa und meine Mutter mussten dahin, bis die Beamten uns endlich glaubten, dass es in unserer Familie, äh, na ja, ziemlich okay ist. Ich war bei der Polizei in der Friesenstraße und habe mich bei denen entschuldigt. Weil ich doch mitten in einer Vernehmung einfach abgehauen bin. Die Streberpolizistin hatte wohl gerade Urlaub, jedenfalls war sie nicht da.

Ich wurde „belehrt", wie das so schön heißt, und man fand, dass ich Sozialstunden ableisten soll. Und deshalb gehe ich jetzt einmal in der Woche in den Park von Schloss Sanssouci und fege Laub auf. Karl findet, mit meinem Engagement für einen Flüchtling hätte ich eigentlich schon hinreichend Sozialverhalten bewiesen, aber mir macht die Sache im Park sogar Spaß.

Die S-Bahn fährt am Gleisdreieck entlang, ich schaue aus dem Fenster und sehe einen Hund. Er sitzt dicht an den Gleisen und sieht aufmerksam der vorüberfahrenden Bahn zu. Das gibt's nicht, denke ich. Es ist der Hund! Die sabbernde Bestie vom Gleisdreieck.

Ehe ich richtig kapiere, dass er es tatsächlich ist (er ist es, ich schwör's!), ist er auch schon außer Sichtweite. Hat das jetzt was zu bedeuten?

Irgendwie aufgewühlt steige ich am S-Bahnhof Yorckstraße aus und gehe die lange Treppe zur U-Bahn hinunter.

Als ich den Bahnsteig entlanggehe, fährt die orangefarbene Bahn der Gegenrichtung ein. Massenhaft Menschen steigen aus und wieder ein, und als sich die Türen schließen, fange ich den Blick eines Jungen im Waggon ein. Im ersten Moment halte ich ihn für Sahal. Aber er sieht ganz anders aus als Sahal. Es ist sein Blick, der mich an ihn erinnert: gehetzt, erschöpft, hoffnungslos. So sah Sahal aus, als ich ihn auf dem Friedhof gefunden habe. Ich lächle dem Jungen zu und er lächelt mit einem erstaunten Ausdruck zurück. Er sieht aus, als hätte er schon lange nicht mehr gelächelt. Die Bahn fährt ab und mit ihr der Junge und der ganze unbekannte Kummer, den er mit sich herumträgt. Ich wende mich ab und in diesem Moment fährt meine U-Bahn ein. Die Türen öffnen sich, ich bin umgeben von Menschen. Ich steige in die Bahn und lasse mich von ihr davontragen.

© Karin Koch
© Peter Hammer Verlag GmbH, Wuppertal 2017
Alle Rechte ausdrücklich vorbehalten
Umschlaggestaltung: Niklas Schütte
unter Verwendung von Fotomotiven von istockphoto.com und
de.123rf.com (© istockphoto.com/Nr. 89240209, © Enrico Fianchini/
© de.123rf.com/Nr. 32991149, © Michael Simons)
Lektorat: Sophia Marzolff
Satz: Graphium Press
Druck: GGP Media GmbH, Pößneck
ISBN 978-3-7795-0569-3
www.peter-hammer-verlag.de